月亮的背面

林琵琶題

原來我們看到的月亮
圓也好　缺也好
永遠只是它向着地球的一面
月亮背面的風景
肉眼凡胎的我和你
是永遠無法窺見的

目錄

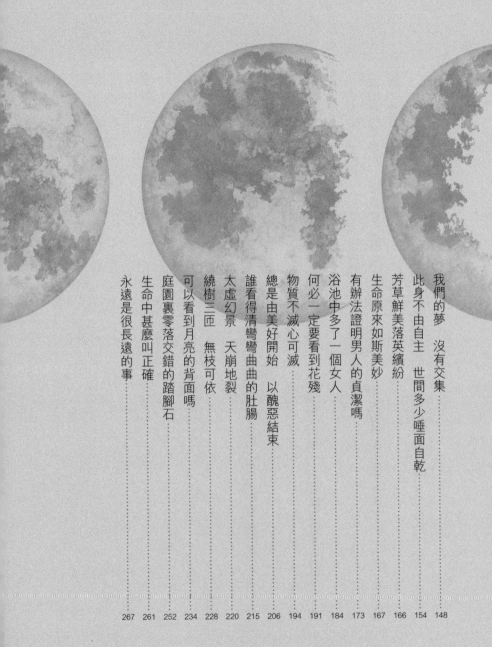

自序

我寫第一篇小故事，是在小學五年級或六年級的時候，總之是小學畢業之前。寫了甚麼，完全記不起來了。

那時，在鄉間，幾個小孩忽然想玩些新鮮的事。有個孩子家中大約有點文化，拿了一疊蠟紙，一枝尖鋼針筆：「用鋼針筆在蠟紙上寫字，蠟被刮了出來。再把蠟紙放在白紙上，用油墨一塗，字跡便印在白紙上面了。」

五十歲以下的人，大約不明白我說的是甚麼奇怪的事。

然後用漿糊把一張張紙黏貼起來，小小的一冊子，互相傳閱。那種興奮啊，第一次知道甚麼叫成就感。

大約「印刷」了兩次吧，校長和老師把我們叫去，語氣嚴厲：那是危險的，那是政策不允許的！

兩年後，來了香港。

一直喜歡寫寫寫，當然是非常幼稚的。稿子先是投往學生報刊，慢慢也能夠在比較嚴謹的刊物上發表了。作家的夢於是像發了芽的樹，我在長大，它也在長大。

但夢很快破滅了，在移居外國之後。

幾乎有長達二十多年的時間完全不用中文，有時連簡單的一個字也忘記了筆畫。生活重複又重複，一年又一年的過去，一輩子也會這樣過去。間或有點失落和不甘心，但更多的時候是認命。人生不過如此，吃了，睡了，孩子們長大了，自己老了。

前些年遷回香港，因種種需要，重新用中文撰寫一些藝術史研究的文章。然後發覺，有些夢雖然飄去了，卻依然在，影影綽綽地浮盪着，於不遠之處盤迴，耐心地等待着我。

我原來構想的，並不是這樣的故事。

生日會的事倒是真的。那水晶一般的小男孩，在生日會事件後，十多年不再交女朋友。在這個濫情的年代，這般脆弱的心靈令人憐惜。想寫小說的念頭剛起，便想到了他。

寫着寫着，有許多人自己要擠進來，奇異的念頭會突然出現。太虛幻境裏的迷惑，只不過歸結到小狐狸阿繭的一句話：「人，不會連禽獸都不如吧。」

世上只有男人和女人，是他們把人間弄得又悲又喜。漸漸寫成關於婚姻的故事，不同的男女，不同的婚姻。怎樣的婚姻才算幸福？只要裏面的人覺得心安，便是他們的快樂。生命中本來沒有甚麼叫做正確。

喜歡寫，又能寫自己喜歡的，純屬享受。
我的夢總算回來了，晚了些，但足以讓我感到自己活着。
這也是我的快樂。

林琵琶
二零一九年冬香港 提心居 月色下

薄薄的寒霜

一次，有個病人問他：「邵醫生，你知道嗎，我的手術已經過了好幾年，早就不痛了。但間或無意中摸到那深嵌入肌肉裏的疤痕，還是覺得血液倒流，手心全是汗。邵醫生，你明白那是甚麼樣的感覺嗎？」

他不知道。

當年他還是老醫師的助手，替這精壯的男子取出胸前的子彈。那是一個警員，中了匪徒一槍，幾乎打到心臟。

那會是甚麼樣的感覺呢？

青霜正和新婚不久的妻子，拖着手嬉笑着急步趕往登機口，旁邊突然有個女郎竄過來，拉緊他的臂彎。

一個穿着色彩斑斕的吊帶裙，露出大半個肉肉的、別致玲瓏身段的女郎。

素安發覺青霜的手顫了一下。

「Emerald！是你嗎 Emerald！」女子高聲叫着，直撲過來，臉向後仰看他。然後圈過他的脖子笑，踮起腳迅速吻他的左頰，吻他的右頰：「真的是你，Emerald！還是那麼漂亮！卻長高了許多！我都認不出來了！」整個人倒在他身上。

林素安簡直看傻了。

邵青霜的臉色有點青白，用力拉她下來：「Lila！」把素安摟到身邊：「我太太 Selene，Lila 是我大學同學。」

女郎讚美：「Emerald，你太太是個大美人！」也介紹身旁的男子：「Joe。」

邵青霜不想停留：「我們要登機了。妮娜，看見你真高興。」拉着素安離開。

在飛機上幫妻子繫好安全帶，枕頭放頸後，毛毯蓋膝上。叫服務員替她拿溫水，找一堆她愛看的報章雜誌。

「你忙甚麼？」素安的聲音有點冷。

播音員叫乘客坐好，青霜忙回到自己的座位上，閉上眼。

Emerald！

邵醫生，手術後許多年，忽然無意中摸到那深嵌入肌肉裏的疤痕，是甚麼樣的一種感覺呢？

* * *

「真的沒有問題嗎？」母親扭過頭來看着他。

「放心吧，媽媽！」青霜回答：「你不是說，你當初出國唸書時，也只比我大一點點。」

十六歲的邵青霜入讀世界著名醫學院。

出了高速公路，兩旁就是深密的松樹林。高大的松樹沿着山坡一層一層地向上伸展，夾雜着杉樹、柏樹、和許多他叫不出名字的老樹。然後是山，一直攀到天的高深處。八月了，山峰的頂部卻還殘留着去年的積雪，在陽光下，皚皚地映着人的眼。

車子在路上不住地拐彎，司機阿城把車子開得很穩，但母親還是緊緊拉着青霜的手。是要讓他安心吧？還是因為他的力量能令她安心？無論是哪一種想法，青霜都喜歡。母親的手總軟軟的，溫暖的。他的朋友們，那些剛去掉童音、說話時突然會刮出鴨子般啞啞的聲音、便以為自己已經長大了的玩伴們，十三歲開始拒絕女性的拉手和擁抱。（怎可以連母親的擁抱也拒絕呢？）

大學座落在山谷中，離市區只有三十分鐘左右的車程。前面已經可以看到房子，許多四五層高的紅磚房子，古典優雅的建築群散落在山谷裏，那是校舍。再過去，一連幾幢白色的大樓，沉穩地立在山腳下，便是那家馳名的醫院了。學校和醫院緊密合作，培養着一流的醫護人才。

「想出去玩或購物，便打電話給阿城。週末娟姐熬湯，讓阿城接你回去喝。還有，不許學駕駛，不許偷偷開車，二十五歲前不得考車牌。」

青霜把頭扭向車窗外，偷偷地笑。甚麼叫鞭長莫及，媽媽你很快便會懂得了！

校舍和醫院之間有個湖泊，碧清碧清的湖水上，浮許多快樂的野鴨子。青霜喜歡在黃昏時緩跑，繞着湖邊四個圈，風撲在臉上，又舒適又清涼。當一雙腿輕快地彈起，身上的細胞全都鮮活起來，肺葉貪婪地吸入氧氣，再輸送上腦袋。好幾次，功課上的疑難都是跑着跑着豁然開悟，滿心歡喜。更多的時候想到母親，不知她是否又受了委屈。香港來的同學看了中文的八卦雜誌，總禁不住大驚小怪：「這個邵某人又換女朋友！給前任女友兩幢豪宅，加四千萬元作分手費！」

幸虧都不知道這邵某人就是他的父親。

也有人問過一次：「唏，你也姓邵，可認識這風流中生？」只好四両撥千斤：「你姓李，是李嘉誠的甚麼人？」

他的憂傷只能密密埋藏在心底。

在湖邊跑步的人，一天又一天，慢慢變成熟識的面孔。迎面跑來，有時也會相互交換微笑，點個頭。有個女孩特別親切，遠遠就給他一個笑臉，嘴唇扯向耳邊，是隻漫畫裏的小兔子。她總與他反方向跑，每天碰面三幾次。這天，跑到面前，突然向他舉起一隻手。邵青霜自然反應，兩掌互拍一下迅速分開，各自向前跑去。女孩哈哈大笑，聲音清脆，引得他也開心起來。

兩人很自然地變得熟絡，跑完步有時會一起去喝杯飲料。

「爸爸是英國人，媽媽由馬來西亞來唸中學。」妮娜告訴他：「我外婆是潮州人，聽說那邊的菜特別好吃。你去過潮州嗎？」

「香港也有很好的潮州館子，」青霜笑道：「來香港我請你吃。」

妮娜是商科生，暑假就要畢業了，是個聰明又奮拚的女郎。她人緣極好，常有人熱情地走過來：「哈囉，Lila！」吻她的雙頰。

青霜和她在一起覺得舒服。

那天，妮娜特別高興。「你知道嗎，華爾街兩間大行都錄用我了！畢業就可以去。」把公司的名字告訴他：「你說哪一家比較好？」

青霜笑道：「你問我？還不如問豬怎樣才可以爬上樹。我只知道要好好地慶祝一下。」

他挑了一家著名的海鮮館，請妮娜週末吃晚飯，提前叫阿城送紅酒來：「拿一瓶Château Latour吧，中等年份的就好。」不要太張揚。

妮娜把頭髮散開，披在肩上，穿黑色吊帶貼身小裙子，配小顆水松綠石串成的項鏈，非常清爽。

「都說屬龍的人命最好，」她呷着紅酒，非常得瑟：「我呢，就是龍。」

青霜覺得有趣：「你倒知道這個。」

「現在人人都知道自己的生肖，你是甚麼？」

「我沒你命好，一輩子不能飛黃騰達。我是猴子。」

「但猴子最聰明了，我喜歡猴子。」

青霜舉高酒杯向她搖兩搖，笑着睞眼。

妮娜用叉子敲一下碟子裏螃蟹的硬殼，笑道：「你搖杯子作甚麼！才喝那麼一點點酒，你的顏色便和它一樣！」

他皮膚瑩白，被酒精一激，會迅速透出一大抹嫣紅，由雙頰流到脖子。被妮娜這樣揶揄，青霜自覺難為情，用手撫摩發燙的腮邊，帶點羞澀地笑了。妮娜微笑地看着他，忽然發覺他的上唇和頷下隱約有一層暗黑的顏色。躲在裏面那群極不安份的小精靈，全急着要探出黑色的小腦袋來，好偷窺這色慾的世界。「最魅惑的青春恰是鬍子初生。」《Odysseus》裏說過，她此刻終於明白了。

飯後妮娜邀他去看電影。那是一套胡鬧的笑片，每到好笑的情節，妮娜的頭便歪到他肩膊上嘻哈歡叫。青霜只是笑着直視銀幕，兩手交握放膝上。他並非天真到猜不出她想甚麼，而是很確定自己不要甚麼。他自懂事起便決心做個不肖兒，堅決不像父親那樣，一輩子搞不清風流和下流的分別。

一天黃昏，他們照例在湖邊碰了兩次。第三圈沒跑完，青霜看見妮娜倚着一棵大樹，一臉痛苦的樣子。

青霜忙跑過去：「怎麼啦？」

「不小心扭了一下。」指着右腳。

青霜俯身按一下她的足踝，妮娜呼痛。

初冬天黑得早，不大看得清楚。

「我先扶你回去吧。」

妮娜租住湖邊的一個小公寓，只轉兩個街角。

「來，扶着我！」

妮娜雙手摟他脖子，緊黏在他身上單足跳，竟覺得有趣，嘻哈大笑。

真是勇敢的女孩！青霜感染了她的笑聲，被她整個人掛在身上卻不以為苦。

妮娜住三樓，小公寓老房子，沒電梯。青霜一口氣把她抱上去，先讓她在沙發上躺好，檢查她的腳。沒腫，更不是骨折。他試着把足踝左彎右彎，妮娜雪雪喲叫。

「沒事，大約只扭了一下肌肉。我先替你弄弄，真不成再去照X光。」邵青霜跑到廚房，冰箱裏一塊冰也沒有。只好往浴室找毛巾，見一地都是胸罩和小褲子，絲的蕾紗的，紅黑黃藍色彩繽紛，沒多少空間可踏下他的大腳，還有幾件半吊在洗手盆邊。青霜只好把它們一件件拈起來，丟進牆角一個洗衣籃子。然後扭開冷水把毛巾淹濕了，出來跪在旁邊替她敷腳，又小心搓揉了好一陣子，再左右轉動：「不疼了嗎？」

妮娜自己試着轉：「不疼了，真謝謝你。」伸出手來，邵青霜笑着與她一握：「小事，別客氣！」直起腰要站起來，妮娜突然用力一拉，邵青霜整個人撲倒她身上。

胸脯上。

青霜心中一慌，身子已被八爪魚鎖緊般，越掙扎越亂了套。

後來追想，都不清楚那個晚上是怎麼過的。

只記得一下子成長。

少年人的狂野禁不得被撩撥，妮娜捨不得放開他：「青霜，甚麼是青霜？green frost？dark frost？不，你不是frost，你、你是最純最美的結晶體。」在他耳畔唧哼：「鑽石，恆久遠嘛！你啊，你就是Emerald，珍貴的綠寶石！」

青霜想告訴她青女霜神的傳說[註]，妮娜的小舌頭卻突然迅速地在他的耳邊捲了一下。青霜啊一聲叫了出來，魂魄一刹間飛離了肉身，平日堅持的守則忘得乾淨。

妮娜喜歡掛在他身上，在校園裏，白花花的太陽下，任性地親吻他。那樣天長地久，火山蠢蠢欲動的吻，叫青霜尷尬，卻也沒有人大驚小怪。他漸漸也便習慣起來：是，屬於他們的青春，就該暢快地享受，盡情地揮霍。

青霜做實驗時非常投入，關了電話，也常常忘記時間。有幾次黎明時分才出來，竟看見妮娜的車子停在不遠處，她見到他便撲到身上。

「一直在等我？」青霜覺得抱歉。

妮娜湊在他耳邊輕聲說話。青霜聽着，伏在她脖彎裏笑。

只是三兩個月下來，人瘦了些，一雙大眼被燃燒得炯炯發光，學業卻漸漸有點走樣。

「這個聖誕節呢，我們音樂團要和城裏幾間大學一起，組隊往奧地利去培訓，順便報佳音。」妮娜的聲音清亢甜美，是團裏的女高音。「每天的安排都滿滿的，也沒時間陪你坑。才兩個星期，春假時我們自己去。」用手指點他的鼻子：「不許交女朋友！」

青霜一臉委屈：「聖誕新年都扔下我！」

算算日子，她新年後回來，剛好便是她的生日，二十二歲。那時寒假回家的同學也該返校了，他決意好好鬧一鬧。

母親在市中心有一幢公寓大廈，是城中著名的建築，只出租不賣。她把最頂層複式連天台留着自用，由司機阿城和他的太太娟姐照看着。青霜不讓同學知道，平日都住在宿舍，嘴饞了才回來吃娟姐的拿手小菜，喝廣東老火湯。

他要為妮娜搞一個生日派對，一早叫阿城夫婦預備。

「八十人左右，中式、西式、日式、好吃的東西全要，香檳啤酒多預備些。你們兩個忙不過來，去香格里拉請他們預備，到時派服務員過來，別忘了要個做新鮮壽司的日本廚子。」叮囑一遍又一遍。

買許多氣球，滿屋子鮮花。他親自去預訂三層大蛋糕，上面要寫：「美麗的甜心，生日快樂！」蛋糕頂層裝飾兩隻巧克力做的俏皮小狗，閉眼陶醉，甜蜜地相擁着。又往花店去挑選：「要一百朵最大的薩曼莎紅玫瑰，紮個心。一定要新鮮送到。」

他還有個實驗到了關鍵時刻，那些微生物等不得。

他給母親打電話：「對不起，媽媽，聖誕節不回家可以嗎。」

母親一貫地寵溺：「沒事，也別累着。娟姐説要開派對？開心玩罷。」

「要不媽媽你過來？」

「喲，你們年輕人玩，要個老佛爺幹甚麼。」

「可我春假約了人，要到學期完結才走得開，媽媽！」

邵太太沉吟：「那我新春時過來？今年農曆年來得早，才一月底。」

青霜雀躍：「來陪我過年！給大利是。」逗得母親開懷地笑。事事都稱心如意，媽媽一定也會喜歡妮娜。

他約請一大群妮娜的朋友，自己的朋友，朋友的朋友，說是借世叔伯的公寓開舞會：「妮娜生日，又剛過新年，把你們的伴侶也帶來，一起熱鬧。」

他在電話上告訴妮娜會去機場接她。

「不必了，都已安排好。我們一群人方便些。」

「那我傍晚來接你。」

「為我安排了生日會？謝謝你啦！我可否帶朋友來？」

「妮娜，你的朋友就是我的朋友。」

「喲！」妮娜笑，青霜似看到她陽光似的臉，滿心歡喜。「但你不必來接我了，我順便接了朋友一起過來。」

青霜有點不願意，想想也無妨，便說：「那我在這邊等你。妮娜，我愛你。」

妮娜嘻嘻笑，收了線。

妮娜來到的時候，屋子已塞滿許多人。和她一起來的是幾個年輕男女，還有一個年紀稍大一些，不認識，身子像足球健將般偉碩，留兩腮鬍子，眼睛似一泓碧水。他雙手繚着妮娜，幾乎是把她抱進來的。

青霜的心亂跳了幾下。

不會的。離開才兩個星期，是自己多想了。

他捧起一百朵玫瑰紮成的大紅心，鮮花擋了面孔，走到妮娜前面半蹲着：「公主殿下，生日快樂！」

妮娜搓揉他的頭髮：「嘻，Emerald，謝謝你啦！」接過那團大花束：「哎喲，好重！」

美男子忙一手捧過大紅心，一手摟緊她，俯下頭來：「生日快樂！」妮娜瞇眼仰起臉，雙臂環上他的脖子，兩個人身子和嘴唇全黏在一起。

青霜全身的血液都從腳下流光了。

四周突然安靜了，許多眼睛望向青霜。

一個叫查理的男孩，忙在後面緊緊頂住青霜的身體，摟着他的肩膊，一邊愉快地大聲叫道：「生日快樂！新年快樂！快進來！占美、羅倫斯，開香檳去！」

屋子立刻又熱鬧起來。查理暗中握緊邵青霜冰冷的手，要把自己所有的力量都輸進他身體裏。

他在人群的歡樂中悄悄失蹤。

青霜的母親接到娟姐的電話，血液幾乎要凝結，三兩日急忙飛到。

她找不到他，往宿舍去問同房的查理。查理說：「青霜在實驗室，不聽電話。邵太太，我進去把他叫出來。」

聽見兒子在用功，邵太太放心不少：「打斷他工作，不好吧。等他出來叫他來找我。」

查理沉重地看着她：「他已經幾天幾夜沒有出來了，我給他送的食物也沒吃多少。」

邵太太吃驚，急出眼淚，忙跟着查理走向實驗室。冬日黃昏，刮面是刀刃似的寒風。她拉緊大衣，翻起圍巾掩着耳朵。

她的愛子，像個薄薄的紙片人兒，飄浮在昏暗中的一個鬼影子，被查理推扶着走了出來。

她一把擁住他，淚流了一臉。青霜看見母親，忽然崩潰，整個人倒在母親懷裏，失聲痛哭起來。那哀咽，是拚命要嘔出心肺腸子，然後漸漸變成嘶嚎，像受了傷的小野狼。

她把他領回去，連司機阿城也濕了雙眼，娟姐更是心疼難言。陽光一般快樂的男孩，幾日間變成一個哀翁。

原來最能殺死人的，是愛情。

娟姐放一大池熱水，加上浴鹽，讓青霜腰間圍條毛巾坐進去。她替他洗頭、刷背，清潔全身。見他木偶般任她胡弄，忍不住用衣袖自己拭淚。邵太太拿着大毛巾坐在旁邊，呆呆的只覺心絞痛。

然後讓青霜坐在床頭，塞幾個枕頭墊背。邵太太一口一口地餵他吃燕窩粥，又叫娟姐用攪拌機打碎一隻蘋果，也餵他吃下去。給他溫水，吞一顆安眠藥。

聽到他的呼吸逐漸均勻，邵太太才回到自己的房間。

她又覺得胸前有點隱隱作痛，最近真是太緊張太累了，一接到娟姐的電話更是立刻便撲過來。她唯一的孩子，她生命中僅餘的一縷陽光，千萬不能有差錯。

調理了十來天的青霜，畢竟年輕，漸漸回復了元氣，眼睛明亮了些，腳步也輕快不少。

但他知道生命從此再不一樣了。

他特別依戀母親，常常在後面擁抱她，忽然發覺她瘦了許多。

他吃驚地審視她的臉：「媽媽你身體不舒服？」

邵太太拉着兒子坐下，輕撫他清瘦的面頰，笑道：「你好好的，媽媽就不會有事。」

青霜心疼母親：「對不起，媽媽。」

「人呢，總是要跌痛好幾次。骨跌斷也罷，心碎了也罷，奇怪地總能癒合。你會錯失一些，又會得到另一些。失去未必不好，得着也不一定完滿，你明白嗎？」

青霜拉母親的手蓋着自己的臉。

「媽媽年紀大了，不能長期照顧你。人活着，總有許多事由不得你控制，只能控制自己的心。心是乾淨的，便能無愧。結果是開心也好，苦惱也好，都得坦然接受。你懂嗎？」

青霜的眼淚染滿母親的手掌，他轉身抱住她。

青霜整夜睡不安穩。妮娜從霧中冉冉升起，湖水沾濕了她的裙裾。他望着她，悲哀地、絕望地：「我做錯了甚麼？為甚麼丟棄我？」妮娜卻只是笑，一點兒媚，一點兒嘲諷，轉身沒入迷茫的湖水裏。

青霜急得滑進湖邊泥漿中，伸長雙手打撈：「你告訴我！你給我說清楚！」

湖水冒起許多泡泡，有人果然把頭伸了出來：「青霜！」

青霜連忙跳開。

「看見我就跑，你還是不是我的兒子！」

青霜速速爬上岸，一邊直着嗓子喊叫：「媽媽快來！媽媽！」

「大個子了，還一天到晚找媽媽！我已和她離婚，你只要媽媽，不要我嗎？」

青霜又驚慌又惡心：「我不要見你！媽媽快來！媽媽！」

披着睡袍趕過來的邵太太一把抱住他。

青霜睜大眼緊緊抓住母親，一頭一臉全是汗。他喘着氣，顫抖得幾乎吐不出聲音：「媽媽，那男人說和你離婚了？」

「作噩夢啦？」邵太太撫着他全無血色的臉，拿紙巾替他拭汗：「甚麼男人？那是你爸爸。離婚了，我以為你會替我鬆一口氣。」

青霜說不出話。是，在宴會上，在小報和八卦雜誌上，母親不斷被嘲笑羞辱，已忍了一年又一年。那黑洞既然沒有盡頭，這應該是最好的結局。他憎恨這個傷害着母親的人，但為何終於一刀兩斷，卻又心痛如絞？他只覺一腳踏空，身子吊在雲裏霧裏，像個稻草人，風從東邊吹來，自己便只能向西邊晃去。

他想起小時候在公園裏，父親輕輕一托，便把他妥妥的放到肩膊上。他騎在上面，一下子變得又高大又神氣。天空貼近了許多呀，高高的樹椏像是伸手就能碰到的樣子。他可以看到拐角處的玫瑰園，還有遠遠在草地上啄食的麻雀和鴿子。父親有時會伸高手抓緊他的腰，然後一路小跑，肩膊向左搖向右晃，把他扔得一甩一甩地，叫他又害怕又歡喜。小小的他把臉埋在父親的頭髮裏，雙手抱緊父親的頸脖，哇笑着驚叫。母親在旁邊又笑又跳替他們拍照。風呼呼在耳邊飛過，落葉和花瓣會撲過來，蝴蝶也會撲過來，還有好看的雲彩。

空暇時父親會教他認字，又從一數到一百，然後是一加一、二減一。

「紉蘭！」他聽到父親驚呼：「你快來，這小子把整本書一字不錯讀出來了！」

到上幼兒班，多半還是父親開車送他上學。晚上回來一進門就把他抱起來，用下午剛綻出的鬍鬚渣子輕扎他的臉：「霜兒，我的小寶貝！」

後來，他們從小公寓換往大豪宅，又搬到山頂別墅，接送他的是司機。然後，然後一切都變了。

青霜默默流下淚來。

「真是個愛哭的孩子。」母親嘆息。「本來想遲些再告訴你，但過幾個月便十七歲了，已是懂事的男子漢，你該為我高興才是。年青時的美好，我捨不得也要捨得。千瘡百孔已經良久，只是初時沒那麼豪闊，引不起公眾的注意。你又幼小，你的天真調皮令我們相安相忍。我現在很好，他仍是你的父親，甚麼時候去見他都可以。」

青霜咽哽：「我不要這樣的父親！」

「那是不對的！你可以不喜歡這個人，卻不能否認你和他的關係。而且你不要因為我和他的婚姻破裂了，便認定他一無可取，他是全力培養你的人。」

「由古希臘開始，歐洲學者便文理不分家。」他一邊教小小的青霜認字，一邊對妻子說：「亞里士多德、哥德這些人，既研究文學、哲學，也精通物理、生物科學，達芬奇更把人體科學和光學幾何學融入繪畫藝術裏。我要我們的兒子對文理都有認知，無論他選擇甚麼事業，這許多廣博的知識將是他成功的輔助，貧也好富也好，都是豐盛的人生。」

青霜呆呆地，身子一陣陣冷。怎會忘記呢，那曾經陪他玩教他知識的漂亮的人。有多少愛和尊敬，便有多少失望和憎恨。為甚麼一下子，愛人也沒有了，父親也沒有了！他的軀殼為何還留在這無聊的塵世，還要拖多久？倒不如此刻迅速化成灰，變成蝶，隨風飄去。

母親看着他，一直看到他心裏：「真不該在這個時候讓你知道。但人生往往就是這樣，俗語說的沒趣一齊來，躲也躲不過。以後你便是家中唯一的男人，是我的手杖，我的導盲犬。如果我腳前有一灘髒水，你得提醒我，如果我軟弱了，你得扶緊我。所以即使只為了我，你也一定得挺着胸站起來！青霜，你好好記住，你是母親最親最親的人！」

這不就是孤兒寡婦嗎！他幾乎又滾下淚來。

* * *

邵青霜和妻子下了飛機，入住賓館。素安一直沒有說話，也不吃晚飯。青霜也沒胃口，更不知該如何挑起話題。磨了半天，只好去沐浴。從浴室出來，見她已背着身子側睡在床上，貼着床邊，幾乎要掉下去的樣子。

邵青霜上床，輕輕滑進她身旁，伸手要拉她過來。素安卻像死了一樣。

「不要這樣，」他低聲道：「一些陳年舊事。你聽我說。」

他側身依着她，臉貼在她背後，低聲訴說那揪心的往事。當然是刪繁就簡，淡而化之，無一言綺膩，重點是生日晚會。感覺到素安的身體慢慢鬆軟了，便把她轉過來。

素安把頭埋在他胸前，青霜用手指捲玩着她的頭髮。鬱悶了半天，傾瀉出來，反覺舒暢不少。

半晌，素安說道：「她為甚麼叫你 Emerald ？」

青霜幾乎不敢說話。

「覺得好玩吧，露結為霜，透明似鑽石。」加一句：「大學裏許多人都這麼叫我。」

他不再在湖邊跑步，改繞校園外的一個小林子，時間也變得不固定了。開頭的一兩個月，跑着跑着臉頰上會一片濕濡。汗都出來了，他對自己說。

但有一晚從實驗室出來，還是避不過。

「我並不是要和你分開。」

他詫訝地停下腳步。

「喜歡一個人，並非不能喜歡另一個人。」

青霜張着口，好一會，才結結巴巴地：「同一個時間嗎？」

妮娜嗤一聲笑了：「Emerald，你真是個小孩。」

青霜迅速逃回實驗室，關門，深吸幾口氣，坐下專心把實驗報告寫出來，直到天亮。

人，由大腦思維指導着肉身一切行動的萬物之靈，是因為相愛才去享受性，還是有了性再墮進情網呢？還有那些只在網外狂歡的人。如果愛情在享慾中竟然可有可無，那麼終有一天，他也會變成一個猥濁的男人，像那些被他厭惡的醜陋的人一樣，振振有辭地濫情而放任嗎？

他的心有一部份被割去了，留下的一塊，充滿着憤怒、羞愧和自傷。

他的時間便只在圖書館和實驗室之間過去。二十歲，是全校最優異的畢業生，論文一篇篇發表，被選登在重要的醫學雜誌上。實習後執業不久，成為幾家世界著名醫學院的院士。見母親的身體時好時壞，便決意回家，忙着考本地執照，更沒心思交女朋友。

如果沒有這件事，也許早就與別人結婚生子。如果素安出現在他的冬眠期，也就只曾擦肩而過。

他輕撫她，親吻她的前額：「都說在適合的時間，遇到適合的人。你別再介意吧。」

素安猶豫一陣子：「你還會想起她？」

「其實許多年不再想到這個人了。」但今天這麼一鬧，最怕妮娜變成了魅，蝕入素安的心，會時時鑽出來，害苦素安，也害苦他。

有點後悔告訴她這麼多，見面親親臉，只是西方極普通的禮儀。一定是妮娜過份熱情，一定是自己突然的失態，才引起妻子的疑心。

但都說夫妻間要坦誠，既然沒有對不起她，何必瞞着。

「過去的早已過去，我們是我們，她是她。你明白嗎？」

素安只是向他貼得更近一些。

他想說點輕鬆的話，卻覺兩頰僵硬得可怕，連忙翻過身子來壓住她。要把這一天的苦惱消除，只有這個辦法吧。

半夜，聽到丈夫的呼吸漸漸均勻，素安悄悄滑下床。

臥室連着一個客廳。她輕步走去，拉開窗簾，看見天上小小的一個月牙兒，白白的，帶點淒涼的顏色。

結婚一週年，假期早就安排好：先往維也納欣賞歌劇，轉到東京看完國立博物館的書畫展，正要往北海道舒舒服服泡幾天溫泉，卻碰上這樣的事，她說不清是憤怒還是悲傷。

剛才，在親昵的時刻，他心裏有沒有想起另一個人？會暗中拿我與她比較嗎？

除了這個妮娜，是否還有其他人？有多少？

她的心都被絞碎了。

【註】青女是中國古代神話中的霜神。《淮南子．天文訓》：「青女乃出，以降霜雪。」

月色下的小荷尖角

從小，素安便覺得父親只是母親的仇人。

據説他們當年的婚禮，來了全城的名人。但她想不起父親甚麼時候和母親説過話，他會説：「我帶素安出去，晚上送她回來。」女傭就會把這句話傳送給應該知道的人的耳朵裏。

偶然母親也必需珠光寶氣盛裝而出，在重要的場合裏與父親並肩微笑，讓記者拍幾張照片。一離開宴會場便各自拉下臉，父親禮貌地先送她回來，然後去小公館。

小公館其實並不小，獨立三層房子，花園連着個大泳池，地下挖空建個酒吧房，房頂是透明的玻璃，蔚藍的水光在上面搖晃。

原來酒吧房頂上就是大泳池，坐着喝酒聊天，抬頭正好欣賞品評池裏的美人魚。

何必與老妻生閒氣，人生可以非常美妙。

她三歲生日，父親把她抱膝上，問：「小甜心最想要甚麼？」

素安側起頭，白嫩的手指支着腮幫子，想一會兒。

父親笑着用長滿鬍渣子的下顎輕刮她的臉：「喲，小美人在想甚麼哪？」

「爹爹每天陪素素吃飯。」

「爹爹忙啦，每天可不成。一個星期一天？」

素安舉起五個手指頭。

父親把她的指頭屈下一個，又屈一個，再屈一個。只剩下二根指頭時，素安眼眶裏一泡淚水。父親心軟了。

「爹爹不用出差時，一有空就陪素素吃飯可好？燒雞啦，煎魚啦，日本牛肉火鍋啦，素素愛吃甚麼？」

素安把臉埋在父親懷裏，偷偷把眼淚擦在他的衣服上。

林兆榮假裝不知道，抱緊女兒。他不是不負疚，但實在無法面對妻子冰冷的臉。

哪一對夫妻不曾相愛過呢，纖秀柔嫩的身體，蝕骨的歡愉。開始不過是小小的磨擦，誰也不願退半步。吵也吵過，哭也哭過，和好一陣子，又重新打仗。好不容易到素安出生，看着粉雕玉琢的女兒，林兆榮決心做個好丈夫。

但林太太不合作。

十月懷胎，難產的疼痛，肚皮上終於要挨一刀，苦全是她一個人吃。丈夫日漸油膩，嬉皮笑臉，口不對心，對她事事敷衍，看着都覺得討厭。

兩個人都累，卻沒想過離婚，上流人物的面子，財產的分割，許多事牽一髮會動全身。

但世界這麼大，你不希罕的，外面自然有許多人搶着要。林兆榮慢慢放開心情，開始享受無人管束的日子。

有一次，在外公家，素安聽見外公在發脾氣：「林兆榮，你是長江還是黃河，只流覽一下沿岸的風景，便向前流走？」

又勸母親：「你出來，陪女兒去看戲也好，陪我喝茶也好。要不我交一個項目給你？學不致用，一天到晚縮在屋子裏。」

母親扭過頭看電視，父親則好脾氣地垂耳聽罵。

小素安過來怯怯地倚在外公膝上。外公盯着這兩個人，嘆口氣，抱起素安往花園去。剛下過雨，陽光暖暖地。園丁在修剪圍牆邊的玫瑰叢，濕空氣裏混着花和綠葉的香味。外公指着園子裏開着的花枝：「小素素你看，這盆花跟那一盆，可有不同？」

「一盆紅色，一盆粉紅色。」素安清亮的童音很快回答。

「還有呢？」

兩盆花都開得鮮麗，樣子看起來也一模一樣。只是一盆的花朵盈盈，另一盆卻只剩下兩三朵，綠葉子遠比花枝多。

小素安仔細端詳一會兒，歡叫道：「公公，我知道啦！這盆的葉子都是長長的，那一盆呢，」把小手張開比劃着，「葉子這樣開着，中間大些，旁邊有兩個小曲曲兒。」

潘老先生呵呵笑：「素素真能幹！瘦長葉子的是芍藥，闊葉子叫牡丹。可記住了？」

素安把指頭分別點過去：「芍藥，牡丹。」

老先生轉向園丁：「老鄭你真能幹，把芍藥催生得趕接上牡丹的花期。」

園丁笑：「就只這一盆開得早，其餘幾盆芍藥都只有小花蕾。」

外公抱着素安進書房，牆上掛着許多字畫，兩人湊近去指指點點：「這些字，素素認得幾個？」

素安指着：「下、水，」跳過好幾個字：「日、花……」許多字不識得。

「素素很不錯呢！」外公誇獎她，然後唸給她聽：「橫塘西下水如油。」

素安打斷他：「油字我知道，剛才沒看到。公公，只是沒看到！」

「好，好！」繼續唸下去：「拂岸垂楊翠欲流。落日誰歌桃葉渡，涼風徐度藕花洲。」

「很好聽。」素安真心歡喜。

老先生笑：「中國的詩唸起來都好聽。」

素安忽然指着下面：「這個文字，這個明字。」

「是，寫字的人叫文徵明。」抱她看旁邊掛着的一幅美人：「漂亮嗎？」

素安羡慕地看着美人的眼睛。

「這美人是一個叫唐寅的人畫的，他是剛才那個文徵明的朋友。」

「像我和表姐一樣嗎？」

「有點像吧。但文徵明很乖，唐寅很調皮。」

「唐寅是個壞孩兒。」素安很肯定。

「唐寅可不是壞孩子，」外公說：「他非常聰明。」外公喜歡聰明人。

他抱着她到書房，站到一幅草書掛軸前。

芍藥

牡丹

唐寅

（一四七零—一五二三）

《仕女圖》（局部）

唐伯虎之名，在中國應是無人不曉。他名寅，伯虎是他的字。他自幼聰穎，十六歲中秀才，二十九歲南京鄉試奪魁。次年進京會試，卻被捲入科場舞弊案，株連入獄，後被貶為浙江小吏。仕途無望，憤然歸鄉，飽受勢利小人白眼，「僮奴據案，夫妻反目」。只靠一枝妙筆「閑來就寫青山賣，不使人間作孽錢」，過着借詩酒忘憂的風流生活。這位「醉舞狂歌五十年，花中行樂月中眠」的才子，卒時才五十四歲。

祝允明

（一四六一—一五二七）

《飛燕嬌舞》

祝允明，字希哲，字枝山，是唐寅的同鄉好友，以草書和小楷睥睨當世。兩人性格相近，才氣相當，引為平生知己。唐寅歿後，祝枝山為撰墓誌，並作詩哀悼，悲憤地寫出「高才賸買紅塵妒，身後猶聞樂禍人」等句子。

唐寅：《仕女圖》（局部）

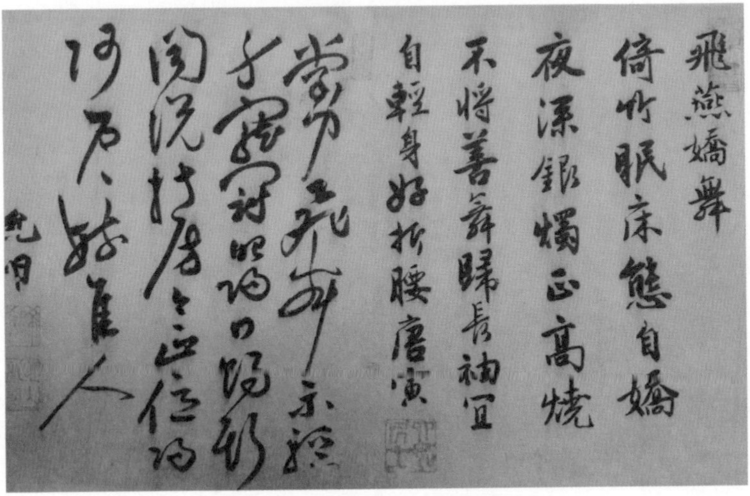

唐寅、祝允明書法：《飛燕嬌舞》

「這人叫董其昌，」外公說：「喜歡嗎？」

小素素看了一會兒，說：「公公，他在跳舞。」

「甚麼？」

「紅綢舞啦！」

老先生上週末帶她去看一場文娛表演，有出色的紅綢舞。柔軟垂地的紅綢，被舞者一揮，倏然飛起，如展翅起舞的鳳凰，忽抑忽揚，亦柔亦剛，若斷復連，宛轉隨意，綿綿無絕。素安看得入迷。

現在她說董其昌的草書像紅綢舞！老外公詫異得張大了嘴。

素安卻已扭頭看着另一幅扇面，說：「公公，這又是那個文徵明！」

老先生非常震驚。「為甚麼呢？」

「就是他嘛！」

「這人叫周天球，是文徵明的學生。」

小女孩發覺自己弄錯了，羞紅了臉，躲進外公懷裏。

「但他寫的字有點像老師，這一幅更像了。素素不算弄錯呢！」

這三歲多的小丫頭，目光如炬，聯想豐富而精確，而且一下子就能記住人的姓名和作品特色，老先生又是吃驚又是歡喜。他畢生最愛書畫，是城中有名的收藏家，但幾個兒女對此卻都不屑一顧。他緊緊抱着這外孫女兒，謝謝天！終於賜給我一個稱心的後代！

皮鞋打在硬地板上，他專心地對付着自己的雙腳，讓一顆心漸漸安定下來：第一級樓梯，那是右腳，第二級樓梯，是左腳。再一次右腳，再一次左腳。一共二十級樓梯。然後沿着走廊向前：一步、右腳，兩步、左腳，交替着一共行走十六步，到了課室門口。

* * *

他第一天來這著名的女校上課，確切點説，是他生平第一次正正式式為人師表。他站在門沿向內望，滿滿一課室都是白校服黑腦殼。這班上一共有三十八人，有一個十五歲，其他全是十六七歲左右的年紀。

「都是非常優秀的孩子，」校長説，又笑：「有點佻皮就是。」

名字他都記熟，但把名字和一張張臉配起來也許要點時候。他吸一口氣，前行幾步，忽然發覺那七十多隻眼睛一齊盯緊他，亮晶晶地，全都露出狡獪的嘲笑的樣子。是衣服扣錯紐子還是褲子忘了拉鏈？他一下子着了慌。趕快退回去檢查一次？還是迅速把身子掩藏在講台的高桌後面？

他忙把捧着的書本筆記往下面挪一點，不料滑落一本到地上，又一腳踏了上去，登時一陣哄堂大笑。

此後他沒一天好日子。

他解釋「關關雎鳩，在河之洲，窈窕淑女，君子好逑」。

有人舉手發問：「梁老師，不是君子，都不允許追女朋友嗎？」

董其昌

（一五五五—一六三六）

《自書詩卷》（局部）

董其昌不但是第一流的畫家和書法家，也是傑出的書畫理論家、收藏家、鑒賞家，影響着晚明及後世的書畫風向。

張照（一六九一—一七四五）認為董其昌的書學經歷三個過程：「初若印泥」，臨摹力求形似。「中若印水」，作品透出神采和韻味。第三個境界是「終若印空」，終於達到形神交融而自成一家面目。此《自書詩卷》應是成熟期之作，有「如長袖舞風，回翔自得」的瀟灑矯健。

釋文：

文伯頑仙儘自兼

何須黃紙裹名（傳）

文伯新仙傳　自無月下　黃庭墨之

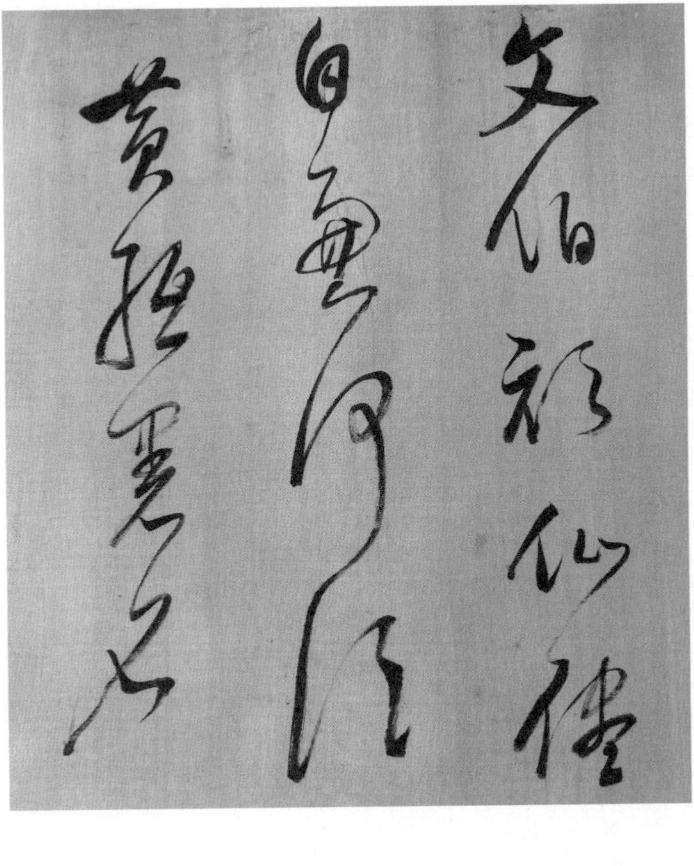

「梁老師，古時只有淑女才嫁得出去嗎？」

講解古詩十九首，又問：「空床難獨守即是出軌？」

旁邊插嘴：「會不會被綑去浸豬籠？」

全體哇哈笑叫，千方百計刁難他，就是要看到他臉紅耳熱。

有時笑鬧太厲害，引得訓導主任也過來，才忍住笑正襟危坐。料得訓導主任已經走遠，有人忍不了，咭一聲笑了出來，於是嬌笑聲此起彼落。

小梁老師完全震懾不住這群小魔怪。

素安也跟着笑，漸漸可憐起他來。

「皎皎空中孤月輪」——小梁老師第一次注意到林素安時，心中突然浮出這詩句。同樣的白校服，清湯掛麵式短髮，她卻特別剔透清瑩，把旁人都壓成了繁星點點。校長說她小學跳了一次級，初中時又跳了一次級，年齡是班中最小，但那長眺的體態已漸有少女的身段。然後他發覺她寫得一手極好的小楷，作文更是清詞麗語，用字平易而音韻抑揚，時有令人驚喜之句。

「這林素安啊，」教歷史的張老師告訴他：「是潘永翔的外孫女兒。潘永翔你知道？」城中不知道這個人的，恐怕沒有。

「潘永翔把她當寶，從小就親自調教。北京那位剛退休的老教授是她的老師，隔月要飛去見教授一次。學校放長期，潘永翔便帶她往故宮博物院、大英博物館、參觀美國和日本的各種展覽。」張老師自嘲着，「同人不同命可是？你我都沒有這樣的外祖。」

小梁老師慢慢發覺，單是有這樣的外祖恐怕也沒用，上帝並不把恩寵平均地分給每一個人。一向以才華自負的小梁老師忽然自卑，碰上這種學生，叫他該如何施教。

他對林素安便特別留心。說到得意之處渴望她的認同，引用課本外的詩文也只有她能領會。備課時加倍地勤奮起來，推想着她的反應，猜想這段解說必能引得她似笑非笑，眼波流盼，便滿心歡喜。

小梁老師這樣身不由己地張揚，那群人細鬼大的女孩子更不會放過他，有誰要是剛好擋住了他投向素安的目光，旁邊人忙把這人推開：「讓開！快讓開！」叫素安臊得紅了臉。

這天放學，素安走下樓梯，轉角處碰見梁老師，忙側身讓過：「梁老師。」

他站着，忽然說：「林素安，你到教員室來一下。」

素安有點愕然，卻乖乖地跟着。教員室裏還有兩三位老師在改作業，梁老師叫她在門口稍等，進去拿出一個本子。

「你的作文本子，剛才拿進課室時漏下了，沒發還給你。」語氣很奇怪，帶點痛惜的溫柔。「寫得很好，我稍改了一兩個字，回家再看吧。」

素安被他的目光烤得發燙。她不敢抬頭，接了本子回身急急走開。上了車子，抖着手打開作文本，發覺文章一字未改，卻夾了一小片薄薄的宣紙，繪一串含苞欲放的豆蔻花，白玉般的花瓣，瓣尖上一抹嫣紅，新鮮得像要滴出水來。此外紙上一個字也沒有。

她想笑，卻又快要哭出來。回到家，做功課和吃飯全沒心思。晚上躺在枕上看，自個兒傻笑，終於把畫放到床邊的小抽屜裏。半夜重又爬起身，亮了小燈，把紙對着燈光映照，確定沒有神秘的語句，又有點兒失落。

他唸「紅豆生南國」、講解「暗渡陳倉」。素安只低下頭做筆記，覺得滿課室都是香甜的氣味。

過了好一陣子，外公忽然說：「素素，星期天，天氣真好，我們往鯉魚門吃海鮮去。把母親也拉出來吧，她愛吃那邊的蜆子和扇貝。」

他們在魚檔子挑了各式海鮮一大堆，吩咐送到相熟的飯館去。

老闆忙親自出來招呼老顧客：「潘老，久不見你來，一向可好？」

有個年輕女子頂着個肚子，笑盈盈送來茶水和熱毛巾：「潘先生好，今天難得來了。」

「霞女，你幾時結婚了？也不告訴我！」轉頭責備老闆：「都幾個月了，還讓她操勞！」

「叫她別來，總不聽，有甚麼法子？」

「週末客人多，我也只是來幫一天半天，累不着。」

「我女婿也忙，星期天也沒甚麼空閒，總在改卷子備課。她說在家也只是坐着，還不如走動走動。」

「哦，是位老師。」

老闆非常得意：「是呀，在一間著名的女校教國文。」說出學校的名字。

潘永翔笑着看素安一眼：「世界真小可是？我外孫女兒就在這所學校上學，也許認識呢。令婿叫甚麼名字？」

老闆說出名字來，潘永翔盯着外孫女兒的臉，說：「素安，還不趕快見過梁師母。」

素安站起來，垂下頭低聲道：「梁師母好。」

潘永翔把鮮蝦剝去殼，放進她的碟子裏。漸懂人事的少女，近來常獨自怔怔地，眉梢嘴角隱約一抹甜甜的笑意。老人越看越擔心，連忙派人打聽。今天故意把她帶來，太殘忍了吧？但現在不忍心，將來的變化也許對她更殘忍。

接下來好長一段日子，素安的枕頭總是黏濕的。夜半會突然爬起身，抽咽着寫下「亂石疏林總是煙」那樣的詩句。原來恨一個人，便是這般滋味，原來要從心裏挖掉一個人，會痛，痛徹肝肺。

幸好學期很快完結了。寒假十多天，外公拉着她往歐洲去，巴黎、佛羅倫斯、羅馬不停地跑。每天羅浮宮、聖母院、大廢墟，腿都快跑斷，還去倫敦探望上大學的表姊自安，累得每晚倒在床上就呼呼大睡。

第二個學期，小梁老師卻被調到另一班去了。素安班上教國文課的是一位中年女老師，姓李，大家叫她李莫愁，人見人怕的老處女。

所有東西都乾淨

朱仲凱親自開車去機場接妻子，知道她會蓬頭垢面，卻想不到接來一個流浪的吉普賽。

潘自安穿鮮紅鑲金邊大傘裙，孔雀綠繡花小背心，加白蕾絲、土黃、寶石藍三色披搭，一層又一層，拖拖拉拉，深紫色的曲鬈長髮披肩上。遠遠就向他招手，咧開火紅嘴唇笑。

仲凱幾乎嗤一聲笑出來。自安走近，先送他一個吻：「我就是喜歡你吃驚的樣子。」

仲凱撥開她垂在眼邊的亂髮：「其實是要掩飾累得半死的神態吧。也只有你這個膽子，敢把雜七雜八全堆在身上，卻能夠這般好看。在機上可有睡一會兒？」

自安打個呵欠：「看了兩套電影，睡了一陣子。你呢，一個多月，每天忙甚麼？」

仲凱推着行李車往停車場。「忙應該忙的事，然後想你。」

自安呵呵笑了：「越來越能幹了，真話假話全不用經腦子。」

「真話何必用腦。」

「好罷好罷。」自安說。一上車就睡熟了，到家才朦朦朧朧的跌進屋子。

「還是家裏舒服。」把鞋踢掉，倒在梳化上。

仲凱斟了一杯酒，過來扶起她，把杯子遞到唇邊。自安卻伸手取過杯子來，先嗅一下，歎氣：「Meursault，真好！」大大喝了一口。

「早就用冰鎮着。」仲凱説，跪下來拉起她的裙子。自安用腳趾推開他：「你幹甚麼！」

「替你脱絲襪，服侍你呀，洗個澡再睡。」俯身把她扶起來。自安笑着把酒杯湊向他，兩個人便輪流一小口一小口地呷着，到睡房他才把她放開。

自安站好，交給他杯子，四面走着瞧着，用鼻子索氣：「這房間可有別人用過？」

「絕對沒有，這是我們的房間。」仲凱坐上床邊的懶人梳化，悠閒地蹺起雙腳。

自安走進浴室繞一圈，拿起牙刷看看，把架子上的毛巾一條條翻起：「毛巾都是乾淨的？」

「全屋子所有東西都乾淨。」

自安轉身回來，望着仲凱的眼睛：「人呢？」

「和你一樣乾淨。」

自安咬着嘴唇，半天，説：「不如離婚？」

「不，從來沒有想過。」

自安提高了聲音：「那我們這樣算甚麼？」

仲凱忽然笑了：「不要這樣，自安。這幾年你在外面幹甚麼，我大約知道。我做了甚麼，你心中也明白。但我愛你，同你愛我一樣多。我們用相近的方式愛着對方，互相諒解。

我們的家非常舒服溫馨，有時你一去多月，我惦念你，你每次回來，我都無限歡喜。難道我不是用盡全副身心令你快樂嗎？」把她拉近身前，自安便跨腿騎到他身上。仲凱嘻笑：「喲喲，別動！我覺得我們是最合適的一對，從來沒有想過要離婚，你想嗎？」

自安望着他一會兒，忽然拉起那幾層大披肩，把兩顆頭都掩在下面。半天，仲凱鑽出頭來，張大口吸氣，笑道：「不成，肺都沒了氧。」

自安扯了披肩丟地上，哈哈大笑：「快認輸！說你鬥不過我！」跳下來，扭動着身子轉圈圈。小背心不見了，大蓬裙傘子般張開又張開，拂向仲凱的臉。

「好看嗎？」她說：「本來是要寄回去給素安的生日禮物，結果忍不住自己穿上了。」

「素安怎會穿這個，」仲凱笑道：「爺爺要把她打個半死。」

「過了二十歲還不讓交男朋友，早晚他這外孫女兒要成老姑婆！」

「全因為你這表姊做壞了樣子。」

自安一邊跳，一邊用手指點向他：「還不是你！都是你的錯！」

仲凱哈哈笑：「我母親也罵我：找了個小妖精！要斷我糧草。」

「斷就斷唄！她都不知道兒子兒媳多厲害。」自安的脖子、手和腰肢都沒了骨頭，水蛇般扭舞起來：「我巴不得真成了妖呢！像不像青蛇？」

「青蛇哪有你好看！」仲凱說，一伸手把她拉過來，自安整個人跌到他身上。「許仙和法海都是傻瓜！」

自安爬在他胸前，仰起臉把一根指頭放他唇上，說：「這次呢，回來只十天左右，下個月要去新西蘭，瑙魯赫伊山，你陪我去？」

「下個月紐約拍賣，我走不開。」

自安笑：「See！並不是我故意丟下你。」

仲凱捉起她的手指：「謝謝你對丈夫的尊重！約了誰？」

「加納，加納鷗。」

「加納鷗？啊，是，那日本小青年。」仲凱笑：「到末日火山去？當然你要一個年青有力的人幫忙，那些攝影器材真夠重的。但他不唸書了？」

「先貯錢再唸書。怎麼，你反對？」

「怎會反對。費用我全程負責，如何？」

自安拍一下他腮邊，笑：「你真善解人意。」

仲凱笑道：「只要你滿意就好。但一天到晚往山區去拍照，累不累？在家不好嗎？」

「天天我盯着你，你盯着我，怎活下去？」嘆口氣站起來，「我去洗澡了。」

仲凱直起腰來：「我來幫你吧。」

自安一腳把他踢得躺回椅背去。

若斯之美　彼何人哉

那青年抬起頭來，看見婀娜移近的女郎。

剎那間呼吸停頓，透不過氣來。

曹植是怎樣描寫洛神的？翩若驚鴻，宛若游龍，似輕雲蔽月，流風回雪。

薄霧裏的白菊花，被清晨的露水一激，是怎樣的驕矜孤冷呢。晶瑩的夜星，浸在朦朧的月色裏，又是何等的清幽岑寂。

星期天，素安整理論文的大綱。外公一連幾個電話打來：「素素快來，給你看好東西。」

七十多歲的潘永翔前陣子跌斷了髖骨，手術成功，卻因長期糖尿病的影響，植入處感染了細菌。如今只靠外國名貴的特效藥支撐着，身體時好時壞，精神大不如前了。

書桌子上一排玉雕，滿滿一疊小錦盒子。素安看見外公正和身旁的一個年輕人聊天，紗窗透進來清朗的陽光，照着外公的一頭白髮。

老人向她招手：「素素快來看，真是美不可言！」

那年輕人直起身子，轉向婀娜移近的女郎。

小說裏的賈寶玉眼波悠逸，唇色柔亮，似笑非笑間有無限深情要向人傾訴。眼前這人則又是一棵青松，挺立在峰巒的絕頂，承着朝露，吸盡了晨曦的光芒。素安怯怯地再不敢前行，只想快快轉身逃走。

外公卻呵呵笑道：「快來，見見我的忘年小友！青霜，這是我外孫女兒林素安。」

年輕人忙迎上來：「邵青霜。林小姐你好！」

外公的主治醫生去年退休了，向他推薦一位年輕的醫生，就叫邵青霜。

素安雙頰泛出胭脂色。

「家母收藏一些玉器，特來請教老先生。」

「讓我大飽眼福了。」

邵青霜拉過椅子讓素安坐下，自己坐在他們對面。潘老把一件玉雕取出，細心把玩：「真是頂級，都是你母系的收藏吧。」

「大部份是，前幾年在蘇富比和佳士得也買了不少。」

「青霜母親姓羅，」潘老告訴素安：「原是愛新覺羅的後裔。」

素安抬頭掃了青霜一眼，愛新覺羅外嫁女兒的後代，算不算舊王孫？

那一眼叫邵青霜全身燥灼，忙道：「連啟功先生也不愛提這個，和我們更沒有關係了。」

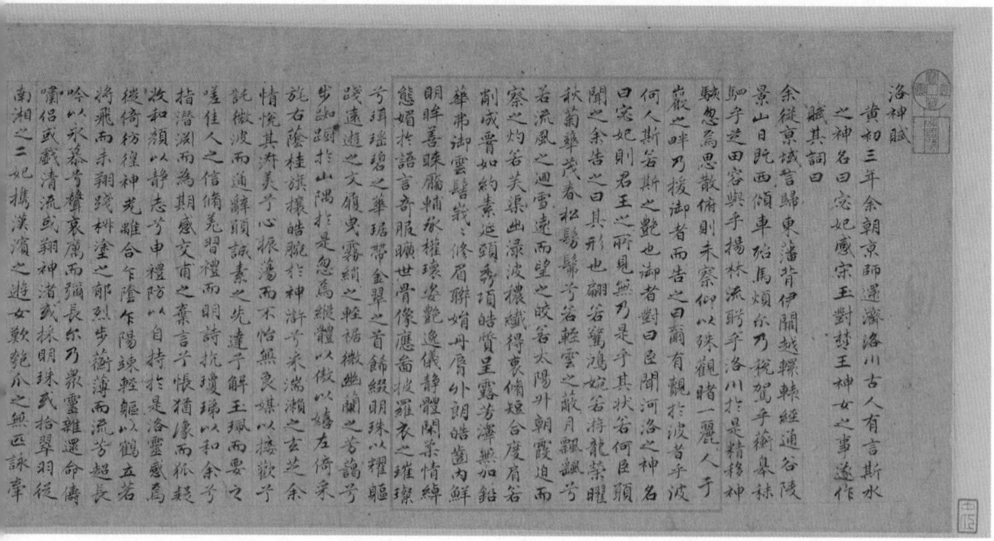

洛神賦
黃初三年余朝京師還濟洛川古人有言斯水
之神名曰宓妃感宋玉對楚王神女之事遂作
賦其詞曰
余從京域言歸東藩背伊闕越轘轅經通谷陵
景山日既西傾車殆馬煩爾乃稅駕乎蘅皋秣
駟乎芝田容與乎楊林流眄乎洛川於是精移神
駭忽焉思散俯則未察仰以殊觀睹一麗人于
巖之畔乃援御者而告之曰爾有覿於彼者乎彼
何人斯若斯之艷也御者對曰臣聞河洛之神名
曰宓妃則君王之所見無乃是乎其狀若何臣願
聞之余告之曰其形也翩若驚鴻婉若游龍榮曜
秋菊華茂春松髣髴兮若輕雲之蔽月飄颻兮
若流風之迴雪遠而望之皎若太陽升朝霞迫而
察之灼若芙蕖出淥波穠纖得衷脩短合度肩若
削成腰如約素延頸秀項皓質呈露芳澤無加鉛
華弗御雲髻峨峨脩眉聯娟丹脣外朗皓齒內鮮
明眸善睞靨輔承權瓌姿艷逸儀靜體閑柔情綽
態媚於語言奇服曠世骨像應圖披羅衣之璀粲
兮珥瑤碧之華琚戴金翠之首飾綴明珠以耀軀
踐遠遊之文履曳霧綃之輕裾微幽蘭之芳藹兮
步踟躕於山隅於是忽焉縱體以遨以嬉左倚采
旄右蔭桂旗攘皓腕於神滸兮采湍瀨之玄芝余
情悅其淑美兮心振蕩而不怡無良媒以接歡兮
託微波而通辭願誠素之先達兮解玉珮而要之
嗟佳人之信脩羌習禮而明詩抗瓊珶以和予兮
指潛淵而為期感交甫之棄言兮悵猶豫而狐疑
收和顏以靜志兮申禮防以自持於是洛靈感焉
徙倚彷徨神光離合乍陰乍陽竦輕軀以鶴立若
將飛而未翔踐椒塗之郁烈步蘅薄而流芳超長
吟以永慕兮聲哀厲而彌長爾乃衆靈雜遝命儔
嘯侶或戲清流或翔神渚或採明珠或拾翠羽從
南湘之二妃攜漢濱之遊女歎匏瓜之無匹詠牽

趙孟頫

（一二五四—一三二二）

小楷書《洛神賦》卷（局部）

趙孟頫是宋太祖趙匡胤十一世孫，中國藝術史上罕見的全才。能詩文，通音律，精鑒別。書法諸體皆能，繪畫無一不精。他是元代初年藝壇的領袖，實踐了書畫同源的理論，為文人畫真正確立了根基，影響了後世數百年的藝術理論和創作方向。

曹植的《洛神賦》文辭雅麗，音情妙曼。早期最著名的書法錄本是王獻之所書，有玉版十三行拓本傳世。曹植在賦中描寫的不僅是一個美麗的女子，也是詩人所追求的理想，訴説着求而不得的失落。趙孟頫帝王苗裔，卻在朝代興替中身不由主，對異族新朝的妥協使他飽受譏議，被壓抑的感情常在書畫創作中流露。他曾多次以不同書體錄寫《洛神賦》，現仍存世者分別藏於美國普林斯頓大學、天津博物館、北京故宮博物院等，此卷則是私人所藏。

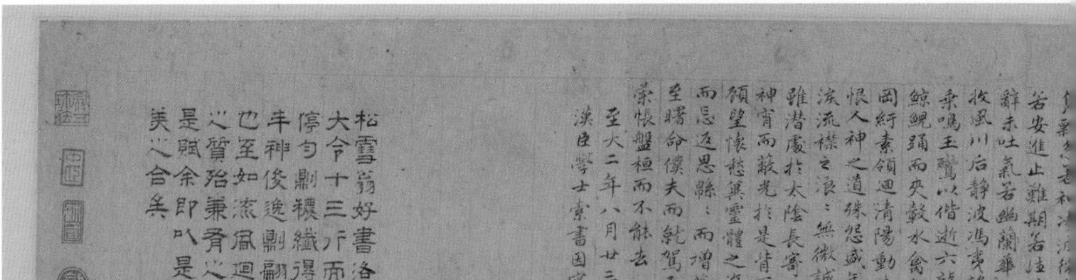

若安進止難期若往若還轉眄流精光潤玉顏含
辭未吐氣若幽蘭華容婀娜令我忘飧於是屏翳
收風川后靜波馮夷鳴鼓女媧清歌騰文魚以警
乘鳴玉鸞以偕逝六龍儼其齊首載雲車之容裔
鯨鯢踊而夾轂水禽翔而為衛於是越北沚過南
岡紆素領迴清陽動朱脣以徐言陳交接之大綱
恨人神之道殊怨盛年之莫當抗羅袂以掩涕兮
淚流襟之浪浪無微誠以效愛兮獻江南之明璫
雖潛處於太陰長寄心於君王忽不悟其所舍悵
神宵而蔽光於是背下陵高足往神留遺情想像
顧望懷愁冀靈體之復形御輕舟而上遡浮長川
而忘返思綿綿而增慕夜耿耿而不寐霑繁霜而
至曙命僕夫而就駕吾將歸乎東路攬騑轡以抗
策悵盤桓而不能去

至大二年八月廿三日將赴杭州車橋寓舍
漢臣學士索書因寫此賦為贈吳興趙孟頫

松雪翁好書洛神賦筆瀋全師王
大令十三行而不襲其貌其骨肉
停勻剔穠纖得中修短合度也其
丰神俊逸翩翩若驚鴻婉若游龍
也至如流風迴雪之姿秋菊春松
之質殆兼有之然則公以是書書
是賦余即以是賦贊是書信乎兩
美之合矣　同郡沈璐

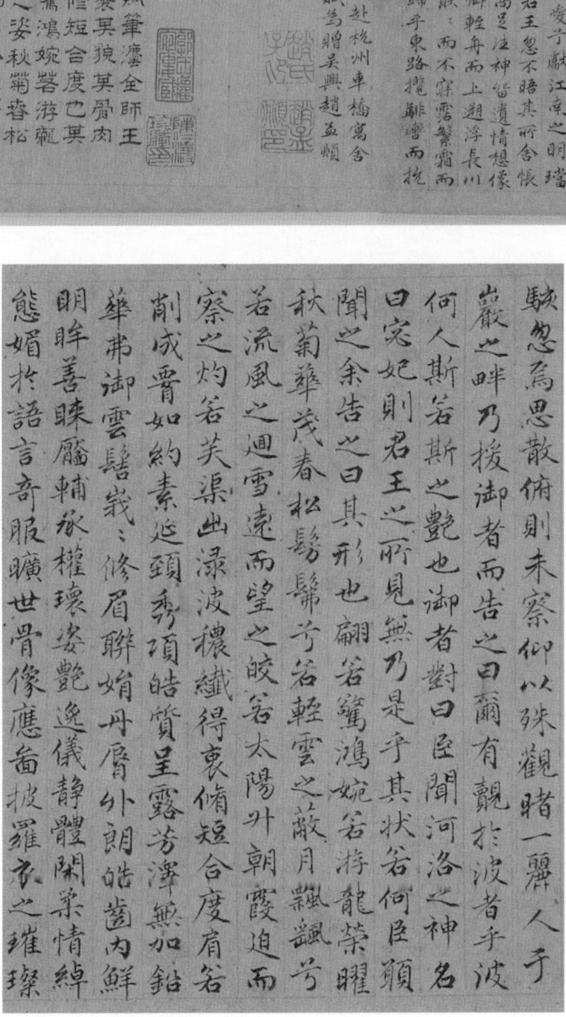

駭忽焉思散俯則未察仰以殊觀睹一麗人于
巖之畔乃援御者而告之曰爾有覿於彼者乎彼
何人斯若斯之艷也御者對曰臣聞河洛之神名
曰宓妃則君王之所見無乃是乎其狀若何臣願
聞之余告之曰其形也翩若驚鴻婉若游龍榮曜
秋菊華茂春松髣髴兮若輕雲之蔽月飄颻兮
若流風之迴雪遠而望之皎若太陽升朝霞迫而
察之灼若芙蕖出淥波穠纖得衷脩短合度肩若
削成腰如約素延頸秀項皓質呈露芳澤無加鉛
華弗御雲髻峩峩修眉聯娟丹脣外朗皓齒內鮮
明眸善睞靨輔承權瓌姿艷逸儀靜體閑柔情綽
態媚於語言奇服曠世骨像應圖披羅衣之璀璨

（局部）

素安連忙拿起另一件玉器，說：「這小玉杯可愛，薄得透明！」

「那是清宮御製，看見底下的印章嗎。喲，這個白玉瓶子就更難得了。」潘永翔連聲讚歎。

瓶子有十來公分高，玉色瑩潔如霜，正面刻着一葉小舟，曲曲流水，遠處雲深霧鎖，隱約有梵宮禪塔，雕工極為精緻。背面則是一首詩：

天末見扁舟　頃刻來前浦
塔院晚鐘聲　客船一夜雨

青霜微笑：「乾隆詩作四萬多首，也真難為了他。」

潘老道：「後人對他的詩頗多惡評，你怎麼看？」

「我倒認為不可一概而論。」青霜說道：「錢鍾書罵他的詩『兼酸與腐』、『令人作嘔』，這是錢老一貫的尖刻。乾隆說自己『不為風雲月露之詞，每有關政典之大者，必有詩紀事』。他想用淺白簡單易的文字，像日記般記述朝政大事，立意本來不錯。但他最喜劍走偏鋒，以倒裝句、奇拗語入詩，往往不按常規。例如『廬山自有千情托，瀑布能無百種祈』，把句子扭得古怪難懂，而且下筆時往往主次不分，又常用虛詞湊韻，就乏味得很。」

他把白玉小瓶拿過來，再看看上面的詩句，道：「其實他早年的詩作還是比較輕清的，譬如這瓶子上刻的一首，雖然平凡，卻還可誦。但他心高志傲，絕不甘於這種平凡輕滑之辭，越到晚年，越想脱去陳詞濫意，可惜才具配不上他創新的雄心。」

素安有點訝異，忍不住又看他兩眼。青霜忙住了口。

潘老歎道：「青霜你學而能思，不屑人云亦云。乾隆算不得是個好詩人，但他對詩的熱情可嘉。若不是身為帝王，自然會有敢於指正他毛病的老師。他最大的孽是喜歡在古人的書畫上題詩，往往一首還嫌不夠，題得滿滿一紙，不能自休。畫家精心佈置的虛實疏密，都給他破壞了。」

青霜笑道：「現在不是只有乾隆御題的書畫才最搶手嗎！他是財神，算不得作孽。」

潘老也笑：「唐朝大氣，宋人精美，明代文雅。到了清朝，氣質改變了許多，現在的人索性連那一點兒書卷氣也沒有了。素素，青霜舊學甚佳，你別以為他只懂拿刀子宰人。」

青霜忙道：「潘老你怎麼啦，別開玩笑了！」

「我豈曾胡亂稱讚人？素素，有一篇〈孫中山先生頌〉，我認為是極重要的文字，可惜知者甚稀。我唸幾句你聽。」

青霜急着要攔阻，潘老撥開他，笑道：「我自教導孫女，與爾何干？文章頗長，我也記不全，只由吳三桂引清兵入關説起吧。」便唸道：

明室運微，姦臣獻媚。導虜入關，竊我神器。

文物雖存，衣冠迥異。忠臣殉軀，志士奮義。

此起彼應，前俯後繼。

「明末群英的事蹟，歷來流傳最多，但反清復明，血淚成河，畢竟無功。」潘永翔嘆息。「下面是滿清了，開國之君振衰起敝，原有一番氣象。但好日子過得久了，外面的人眼饞，內裏則蟲腐鼠蝕，終至大廈傾頹。八國聯軍、太平天國，幾曾有過清平的日子？」

康雍雄略，乾隆盛世。其事雖稀，其流未閉。
逮乎道咸，上昏下黷。鴉片役後，國勢日蹙。
戰端頻開，生靈荼毒。喪師割地，列強競逐。
乃有洪楊，崛起粵中。振袂攘臂，興雲嘯風。
聲振河北，席捲江東。滿帝慄股，外夷動容。
蕭牆禍作，不克有終。

「接下去寫到孫中山先生了。」潘老道：「我見識少，只覺讀過紀念孫公的辭章，竟沒一篇比這個好。素素，你可仔細聽着。」

赫矣孫公，應時而生。騰譽香江，沉跡翠亨。
民貧國弱，觸目驚心。志存匡世，遂集群英。
足遍歐美，會結同盟。文擅雕龍，説若奔鯨。
懦鈍增氣，聾聵移情。屢逢困阨，幾歷艱辛。
履險能勇，因公忘身。顛沛扶桑，蒙難英倫。
蹶勢鎮南，敗績羊城。七十二士，同日成仁。

黃花改色，杜宇哀鳴。武昌旗舉，大功底成。

肇建民國，驅除虜清。

唸到這裏，有點兒促喘。青霜勸道：「潘老別唸了，這種文章，不值得你費心去記。」

潘老喝了點水，道：「青霜，你不可妄自菲薄。現今文風頹墮，人多不讀書，不知史，競小利而忘大義。素安靈秀，你則具沉雄大氣，正要你多指點指點。素安，你可服氣麼？」

素安腼腆，低聲説道：「能把晚清風雲、民國崛起的歷史以賦體出之，又寫得這般沉厚鏗鏘，我做不到。」

青霜不好意思：「潘老請別領着林小姐來損我！都説你老人家機鋒兩面，我今天算是受教了。」他的手機適時震動了幾下，他忙掏出來看：「抱歉，我得去醫院一趟。」

潘老搖頭：「談得好好的，多煞風景！你跑去當醫生幹甚麼？素素，把玉雕都放回盒子裏吧。」

「留着老先生多玩幾天，我下次再帶一些過來。」

老先生很高興：「那真得謝謝你了！下星期天同樣時間可好？」

「一定。」邵青霜道別。素安抬起眼來，恰碰上他的眼波，忙低下頭去收拾盒子。

外公看着外孫女兒，笑問：「怎麼樣？」

老人家一臉曖昧，素安發嗔：「公公不是説都是頂級玉器麼？」

「真是頂级！下星期天可別忘了！」潘永翔笑着，拄着拐杖離開書房，邊走邊説道：「錯過了便可惜了。」

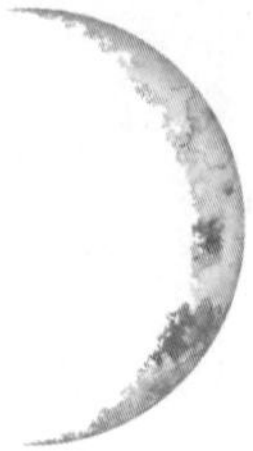

十有九輸天下事

離婚後的邵太太要大家稱她羅小姐，或英文名字Linda，也可以連名帶姓地叫：羅紉蘭！像個女學生。

星期六晚，見兒子興沖沖地忙，把盒子一個個打開，還不住驚歎：「這般可愛的棕色玉馬！」「這扭頸回頭的駱駝可是宋代？」

「你把玉器盒子放進旅行袋裏作甚麼？」

「往朋友家品玉。」青霜說。過一會兒，還是忍不住：「媽媽，我剛結識了一個絕品女郎。」

「嘿？」

羅紉蘭看着他，這寶貝兒有點癡傻，十年青春都禁錮在書案與手術室裏。「甚麼叫絕品女郎？誰，誰家女孩？」

「你該先問：漂亮嗎？溫柔嗎？好脾氣嗎？」

「既是絕品，自然是萬般俱備。」母親的笑容燦爛：「那麼，她漂亮嗎？溫柔嗎？好脾氣嗎？」

「媽媽，你們那時候，是不是有個女明星叫夏夢？」

羅紉蘭臉色微變：「你找女明星？」

青霜忙拍拍母親的背後：「不是不是！別嚇着了！」

羅紉蘭又氣又笑：「那又有夏夢甚麼事？」

「金庸不是說過，沒人見過西施有多美，但她應該是夏夢的樣子才算名不虛傳。」

「呵，這女孩也是西施？」

青霜雙手放心口，歎息：「她比西施強多了。洛神賦你可記得？遠而望之，皎若太陽升朝霞；迫而察之，灼若芙蕖出綠波……」

羅紉蘭噗嗤笑：「彼何人哉？若斯之艷也！那她溫柔嗎？好脾氣嗎？」

青霜苦起臉：「這倒還不曉得。」

「青霜，你怎這般膚淺！」

「我沒辦法呀，媽媽！她是河東獅我也只好認了。」

羅紉蘭看着兒子，皺起眉頭：「我兒，她是誰家女孩？」

「她外公和父親都鼎鼎大名，你一定知道，父親叫林兆榮。」

羅紉蘭從躺椅上坐起來：「她是潘永翔的外孫女！」

青霜歡叫：「媽媽，原來你知道她。」

羅紉蘭長長噓出一口氣，又躺下去：「是，真是個美人。叫甚麼來着？」

「林素安。」

「唔，我只知她的英文名，叫 Selina ？不是，叫 Selene，月亮女神。青霜，你敢碰潘老的心肝寶貝，你活得不耐煩了你！」

「是潘老親自邀請我去品玉的！你怎可以輕看自己的兒子，你兒子最優秀了！」他與母親笑鬧，逗她開心。母親前年動過手術，幾次化療，吞服各種毒藥，乳癌已受到控制。這一年多追蹤癌細胞，也沒有甚麼異樣。

「那些玉器，潘老其實大多看過。」母親說。

青霜呆起一雙大眼。

「我對玉器的知識，大都是跟潘老學的，你倒在他面前顯擺。」她看着兒子傻傻的樣子，不禁微笑：「我父親一生最讚賞的人，是潘永翔。」

青霜非常詫訝：「外公也認識他？」

「我累了，以後再跟你說。把那隻玉辟邪帶給他看吧，另外把架子上那把宜興壺送給他，順便替我問好。」伸手撫一下兒子的臉：「是潘老的外孫女兒，我可就放心了。」

到約定時間，邵青霜提着旅行袋到潘家。

葉子剛發新芽，柳枝上綴滿鵝黃的嫩色。初春的風像清涼的溪水流過皮膚，溫柔地舒適地。她閉着眼在樹下的搖椅上輕晃，她不知道自己在想甚麼，也許甚麼都沒想。

從小，大部份的時間，她都習慣了獨自一個人。

慢慢到了應該成雙成對的年齡，舊朋友見面的時間越來越少，她其實也不覺得特別可惜。同班就是同班，同屆也就是同屆，班散了，屆離了，也許一生都不會再碰面。

前兩天見到一副對子：

十有九輪天下事
百無一可眼中人

袁克文寫給張伯駒。他們何其幸運，生命中竟碰到可以相互欣賞的人。

天下事是否十有九輪，她不知道。但她認識的人遠不只一百，卻全都在身邊飄過，如薄薄的浮塵。

「林小姐早。」

素安張開眼。

百無一可？她垂下了頭。

青霜沒見過別的女子害羞時會得面泛紅霞。現在她們都是鋼鐵，百毒難侵。

他把手中的旅行袋向上一提：「潘老可在？帶來一些小東西請他老人家鑑賞。」

素安忙站起來：「公公在等你哪！」

顧景舟

（一九一五—一九九六）

紫砂虛扁壺

顧景舟，原名景洲，別字曼希，自號壺叟，江蘇宜興人。現代著名紫砂壺藝師。

這把紫砂虛扁壺曾在二零一七年拍出三百四十五萬人民幣的高價。它的泥質幼滑，色澤柔亮，造型簡潔大方，在壺底、壺蓋和壺把上，共壓有顧景舟的四方私印。

一九九三年十月，年近八旬的顧景舟，為促進海峽兩岸的情誼，弘揚紫砂陶文化，應邀赴台灣參加「宜興紫砂陶精品展」活動，受到台灣各界人士盛大而熱烈的歡迎。彼時他帶去赴展的兩件作品，便是這把虛扁壺和另一把雙圈壺，一高一矮，美奐美輪。

青霜跟在她身後，曲曲彎彎的小路，他繞在喉間的話卻半句也沒敢說出來。

潘老已在書房。青霜先把禮物奉上：「家母囑我代向潘老問好，又有一把宜興壺要送給潘老。」

潘永翔連忙推辭：「怎可無端收受厚禮！斷斷不可！」

「我是絕不敢拿回去的，」青霜笑道：「潘老你忍心我被家母責罵？」邊說邊把盒子打開，裏面是一把極精美的仿古壺。棕紅色的紫砂泥潤滑無瑕，造型簡潔端莊，沒有半點巧飾。潘老一看就歡喜，翻看壺底，鈐有〔曼晞陶藝〕方印，不禁啊了一聲。

「家母說這是顧景舟較早期的作品。」

潘老點頭：「這是他在一九四零年代用的印章，好一把壺！圓潤穩正，流麗自然。」喜孜孜地把茶壺放在玲瓏架子上。「替我謝謝令堂，這大禮我收下了。」

「母親還特別要拿這玉辟邪給潘老鑒賞。」邵青霜把另一隻錦盒打開，取去包裝。潘老含笑雙手接過。那是一隻用白玉雕成的辟邪靈獸，獸頭和身體潔白如高峰上的積雪，幼滑溫潤，尾巴和四足則帶點玉皮的棕黃色。牠側身蹲坐，雙目圓睜，張開的嘴巴裏吐出捲起的舌頭，彷彿正以雄厚的聲音向混沌的人間怒吼。

「好漂亮的西漢玉雕！」他由衷讚美，聲調裏帶點微顫，兩個年輕人卻沒有注意到。

這原該是屬於他的玉辟邪。

他在拍賣行的展覽會中對它一見鍾情，忙填好電話競投的單子，囑咐拍賣行中相熟的職員到時打電話給他。

一開始時競爭激烈，翻至原估價的六七倍，便只剩下一個人與他的電話交鋒。一往一來，兩人都不放手。

潘永翔志在必得，也終於如願以償。

拍賣後幾天，專家親自把玉辟邪送過來。

「跟我爭的人在現場麼？」

「是坐在現場的熟人，大家都看見，潘老應該也認識的，是邵太太的秘書楊小姐。」

潘永翔後悔得捶打自己。第二天，他把玉雕重新包好，附一張集團的卡片，寫上「敬奉真賞者」。叫秘書親自送往邵太太的公司。

過一段日子，邵太太派人回送一個大箱子，裏面是整塊老黃花梨木大棊盤，兩個也是黃花梨原木挖空的盒子，各放白玉黑玉磨成的棋子。附言：「君子所貽，銘感銘感！敬奉玩物，暇日當踐舊約。」附上簽名：小友羅紉蘭。

多少年沒看到她的親筆了，仍是當初教她的一筆小楷書，大約荒疏太久，有點走樣，不變的是筆底的雅淨清靈。當年，執着她的小手，横、豎、點、畫，細細描畫。又教她唸「少無適俗韻」，解釋甚麼是「綠肥紅瘦」……小女童清亮的稚音仍如昨日。久病殘軀，是否還有再下一盤棋的緣份？

他默默把字條珍之重之收藏好。

今天，她把玉辟邪送來讓他鑒賞。他溫熱的手掌，把玉辟邪都焐暖了。

紉秋蘭　無以為佩

一九五八，是個沉重的年份。

大批人經水路、陸路潛往香港。有人被槍彈射死了，有人筋疲力盡成了水上的浮屍，大多數人沒爬過鐵絲網便被抓了回去。

一個大雨滂沱的黑夜，二十多歲的潘永翔在河中浮屍的掩護下，無傷無損地爬上了新界海邊的小石灘。

他全身伏在地上，慢慢潛進一堆灌木叢內，如果被警察捉到，還是要遣送回去。又冷，又累，又餓，更不辨東南西北。他爬了半天，才看見遠遠一間小石屋，還沒靠近，便傳來狗吠聲，他嚇得一動不動。小屋內有人低聲説話。隔一陣子，他聽到開門的聲音。

「阿旺，安靜些！」男子在低聲斥責着大黃狗，手電筒微弱的黃光在草叢間晃動。小潘知道躲不過，便移動一下身子，旁邊的雜草發出沙沙的低響。

手電的微光向他射來。

「起來吧。」

來人披着膠衣擋雨，手中持着一根大木棍。

小潘從草叢中站起來，那男子把微光對着他上下晃照。髒，都看不清，瘦高的身子卻非常硬碩的樣子。

「進來。」他說。

小潘站在門旁，他渾身濕泥，怕弄髒人家的屋子。

一個中年女人從房裏拿來一套半舊的短衣褲交給他，又指指天井旁一間小房。

小潘沖洗出來，再三道謝。

男子約五十出頭，身材壯實：「小姓李。」

「潘，潘永翔。」

「剛過來吧？聽口音像番禺人。」

「是。李先生是南海人？」

老李的妻子從廚房捧着一個大碗出來：「不好意思，你將就着吃一點吧。」

潘永翔忙致謝推辭：「承蒙收留，已感大德，怎好再擾飯食！」

老李呵呵笑：「文縐縐！是個讀書人吧？」

潘永翔腼腆：「家中做小生意，也讀過幾年書。」

李妻又說：「滾熱的，快吃！泡了一夜的髒水，好受麼！」

潘永翔又再謝過，先喝一口湯，又辣又熱，直燙到胃裏腸子裏，舒服無比。老李向妻子笑道：「遠遠也辛辣得嗆人！」

用老薑熬了水，泡上廚餘冷飯，加幾片鹹菜，潘永翔只覺是平生的美味。

三個人慢慢聊起來。

老李的兒子，兩次要潛水過河，都被送了回去。

李妻抹眼淚：「回去就得收監，還沒放出來。」

所以聽到門外有異聲，都會出來看看。不是自家兒子，也是可憐的孩子。

「你先在這裏歇兩天，星期日我帶你城裏見我妹夫，他人面廣，總能找個棲身之所。」

潘永翔真是遇到了貴人。

過兩天，天氣越加潮熱。潘永翔隨着老李往跑馬地，兩人全身都濡着汗。

「我妹夫家就在不遠，過了墳場再向斜坡走一小段就到了。」

潘永翔卻突然停下了腳步。在天主教墳場狹窄的入口處，刻着一副對聯：

今夕吾軀歸故土

他朝君體也相同

潘永翔的心幾乎從胸膛跌落到地上。

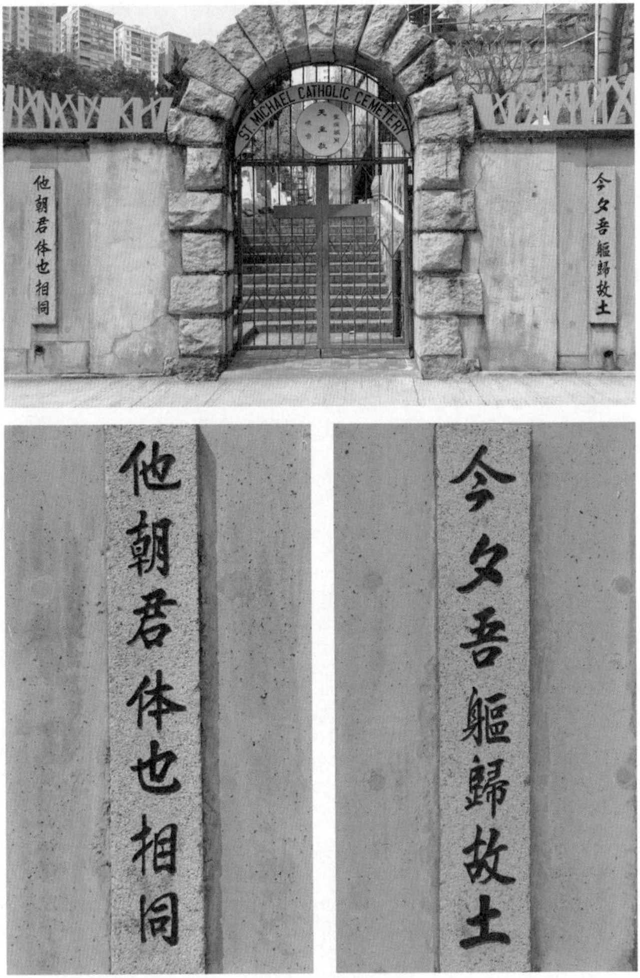

天主教墳場對聯

那般冷酷的語句，卻是必然的結局。人，富人和窮人，成功的人和落魄的人，最終的歸宿畢竟都是一樣的。

不，不一樣，有帝王的寢陵，也有荒山的白骨。

他抬頭望去，每座墓前都立着潔白的石碑，冷而莊嚴，一層層向高處延展。有些還裝飾着美麗的大理石雕塑：玫瑰和百合花環，沒有香氣，卻永不凋萎；也有背上長兩隻翅膀的天使，合掌禱告，要把天父的虔誠兒女領往天堂去。

到他回過神來，才發覺老李在看着他。

「對不起。」潘永翔低聲說道。

老李搖搖頭，兩個人都不再說話。

過了馬場，兩邊有不少四五層的洋式建築，更高貴些是別墅小洋房。老李把他領進一個小花園，初夏的暖風裏漾滿清甜的香氣。有株高大的白蘭樹把大半個園子都染綠了，濃濃密密的小白花一直開往二樓的露台邊，蔭着那幢精緻的白房子。

有個六七歲的小女孩站在白蘭樹下，仰起頭，伸長雙臂，兩隻手掌張成一個小兜兒，要接白蘭花。白衣黑褲的女傭拖一條長辮子，站在高凳子上，拿剪子把白蘭絞下來，一朵朵放進女孩的掌心。

老李叫：「阿蘭，你又佻皮！」

小女孩回過頭來：「舅舅！」跑過來把雙掌舉向他。

「啊，白蘭花送給舅舅嗎？」

白蘭花

女孩笑着點頭，雙頰各有一個美麗的小酒窩。

老李拿了一朵，女孩又把手掌送向潘永翔。

「我也有？謝謝啦！」潘永翔拿起一朵放鼻端上，對她一笑。小女孩忽然害羞，扭身跑了開去。

潘永翔把白蘭花放進襯衣的口袋。

老李的妹妹早已迎了出來，四十歲左右，是阿蘭的印模子。她接過老李手中的籃子，含笑把他們讓進屋裏。

羅啟泰剛沿着樓梯下來，他頎長白皙，模樣文秀，看不出年紀。老李尊他叫泰哥，他笑道：「阿昇，說好的走地雞呢？」一口悅耳的京腔。

老李用手拍一下妹子提着的竹籃，咯咯幾聲雞叫。「還有兩條黃鱔，十來隻雞蛋，一綑菜心，可還稱尊意？」

眾人都笑了。

羅啟泰把兩人帶進茶室，老李略略說一下來意。他似乎漫不經意地聽着，暗中卻要把這姓潘的年輕人摸個透。

番禺的潘姓，自乾隆、嘉慶年間，便是顯赫的家族。

他親自燒水泡茶，順手在架子上拿出一個扁柿形的紫砂小壺，潘永祥眼底閃了一閃。

「這壺不大，三個人喝剛好。」羅啟泰把小壺靠爐邊暖了一陣子，笑道：「試試去年的大紅袍。」在壺裏放了茶葉，先不沖水，把壺遞給潘永翔。

潘永翔雙手接過，捧在鼻端，深吸一口被小壺暖出的茶葉清香：「好茶！」把茶壺在手中轉了一圈：「這壺更是難得！」

「對了！你姓潘，正是你本家的紫砂壺呢！」

潘永翔把壺交回，笑道：「我雖與海山仙館同宗同族，卻非直系，與聽颿樓亦無關聯。羅先生不要抬舉我了！」

羅啟泰點頭一笑。這年輕人不胡亂攀附，幾句話與一眾名人撇清關係。

潘永翔怕羅先生介意，遂又笑道：「但鄉間風氣崇文好藝，寒家父祖輩以下，附庸風雅也是有的。」

「都說廣東是南蠻荒野之地，真是井蛙之見。」羅啟泰忽然想起：「對了，有朋友剛買了一套石濤冊頁，鈐着〔松濤山房〕、〔潘氏珍藏〕兩方印章，聽說也是番禺世家舊藏。但書上卻查不着出處，現放在我這裏研究呢。」

潘永翔手按着桌子似要站起來，又復放鬆。老羅看他一眼：「潘兄知道這藏家是誰？」

小潘一笑：「羅先生可否賜我一觀？」

連着茶室是個大書房，羅啟泰把冊頁放桌子上。它包在一個織錦套子裏，拉開錦套便是上下兩塊楠木夾板，上面一塊刻着《清湘老人黃山十景冊》，又刻有〔松濤山房〕、〔潘氏珍藏〕兩個小印章。

潘永翔撫着楠木，沉吟不語。羅啟泰也就一聲不響。

潘永翔終於從貼身褲頭內翻出一個小包，打開一層蠟紙，又一層蠟紙，連續八九層，才取出一個手掌大小的本子，雙手遞給羅啟泰。

冊子內的字跡只有米粒大小，卻極工整。「潘氏松濤山房藏品。」老羅低聲唸着。

潘永翔翻開小本子內頁，找到《清湘老人黃山十景冊》，下面列出每頁的題記和所鈐的印章。

羅啟泰把畫冊翻開，校對着小記事本上的文字。抬起頭來看着潘永翔。

「就是它！是你府中舊藏？」

潘永翔默然，只小心地把小記事本子一層層包好。如果物品都已星散，本子上的文字便是僅存的記憶，記錄着幾代人的心血。他只覺一顆心沉重如砣，把小包重又藏入褲頭的暗袋裏。

他們又回到茶室，羅啟泰泡出茶來，滿房間都是濃濃香氣。

潘永翔呷着茶：「我曾祖逸松公，祖父清濤公，便是〔松濤山房〕的含意。」

潘家幾世經商，家中亦算小富。潘氏家教極嚴，兒孫輩自幼便研習經史，數代先輩又都雅好收藏，到清濤公時，所蓄已不少，尤以明清兩朝最精。潘永翔的父親也着意搜求，所得更多，便用先輩字號，把書齋取名松濤山房，在藏品上都鈐上印章。

一九四九年春末，國民黨失守南京。消息傳到廣東，謠言很多，時局有點緊張。

「家父終日憂心忡忡，盤算着如何安排。雨夜裏上茅房，竟滑了一跤，爬不起來。暴雨狂風，雷電交加，喊破嗓子也無人聽見。」潘永祥聲音沉重，「到被發覺時早已昏迷，救回來卻變成半癱，口齒也不麻利。」

父親幾房妻妾，到晚年才生下永翔，左思右想，竟無一個支撐的人。只好把店中心腹掌櫃張楠叫來，幫着永翔把藏品一一檢出，親自挑選了兩百件，裝兩個大箱子。又一個箱子裝幾百根金條。

「阿楠你去中山，設法弄張船票，讓永翔往香港去避一避。」父親嚅嚅着，努力讓人家聽明白他要說的話。

十六歲的永翔堅決不走，父親半身不遂，家中都是老弱婦孺，他是唯一可以扛起重擔的男子漢。

潘父也覺為難。

張楠道：「時局雖亂，但未必長久，說不定一年半載便會太平，潘翁不必過份擔心。」於是又拖了兩個多月。到了六七月，風聲更緊，連船票也不好買了。潘父急得搥床踢被發脾氣，潘永翔只好作了決定。

「這樣吧，我和楠叔一起去，安頓好我便回來，楠叔留在香港。待局勢太平了，我再去把東西運回家。」

潘父喘着氣搖手：「你不必回來。」

永翔生氣：「父親你是要我作個不孝之人！我十幾年的書是白讀了！」

潘父不禁垂淚。

潘永翔和張楠多帶銀両，一路上不敢節省，由中山往澳門再轉香港，只求最快最安全抵達。

張楠雖是老掌櫃，畢竟從未踏足異鄉，遇事虛怯，反不如永翔鎮定敏捷。他們在港島找了個旅館住下，永翔每天到各區亂轉。

「有一個樓層在尖沙嘴，廚房廁所都齊全，楠叔我帶你去看看。」

小街道非常安靜，一梯兩戶的小樓房。裏面兩個臥室一個小客廳，窗戶全鑲有鐵窗花。張楠和永翔都滿意，付了按金和兩年租金。永翔找人把鐵閘和大門的鎖全換了。又把臥室內一個角落封上牆板，成了小貯物室，加了暗鎖，外面擺個高櫃子，遮掩得神不知鬼不覺。

張楠從懷中掏出一個小本子來：「永翔少爺，那兩百件書畫都登記在這裏。你留着，將來可一一點算歸還。」他翻到最後一頁，「右潘永翔先生家藏松濤山房書畫兩百件，暫交番禺張楠保管。另十両足金二百條。」下面是他的簽名，年月日，於香港，還蓋上小印章。

「楠叔，你何必如此。」

「潘翁照顧我幾十年，我雙親的生老死葬全靠潘翁辦妥，這點事是我該做的。你告訴潘翁，請他放心。只是我的家小就得拜託永翔少爺照料了。」

潘永翔買了船票，把錢全留給楠叔，隻身回到鄉間。每天聽着病弱的老父長嗟短嘆，四周也是人心惶惶，他第一次覺得肩上有千斤重擔。他自作主張，趕忙託人把張楠的妻子及十七歲的兒子也送去香港：「楠叔一個人在外，多有不便。楠嬸你快去，一家人互相照顧，也免得楠叔惦慮。」

第二年，各種運動逐漸展開。潘永翔癱瘓的父親每天被拖去廣場，身體在石子路上蹦蹦碰碰，竟然也硬撐了一兩年，才在一個冷風颼颼的冬夜去世。母親年前也過去了，潘永翔才決心離開故鄉。

羅啟泰拍拍永翔的肩膊，嘆口氣。歷史的巨輪如壓泥機，隆隆輾過，有時必須，有時無奈，壓在泥土下面的，也都只是平凡的故事。

「這賣畫的人我也見過，確是姓張。」他告訴永翔：「二十多歲，大約是張楠的兒了。這兩年他手上賣出的，也不只這一兩件。我這朋友還買了一卷文徵明的行草書《月賦》。」

潘永翔接口道：「舊麻紙，綷絲包首，卷上鈐好幾方項元汴的藏印。」

「一點不錯，」羅啟泰看着他：「我只想知道，你打算如何處理？」

永翔抹淚道：「楠叔若在，斷不會讓兒子做這種事，恐怕他已過去了。孤兒寡婦的，也確實艱難。剩下多少，他若不願歸還，我也不會去追究。當年若都留在家鄉，也早就被沒收或燒毀，反正不會是我的了。」

羅啟泰默默點頭。能這樣為人設想，又如此豁達，真是個男子漢。

他願意為這年輕人出頭。

大約一星期後，他陪永翔到張家。

張家已搬遷到太子道一層寬敞的樓房，三房兩廳，光線明亮。張楠的妻子親自開門，潘永翔忙躬身問好，把手提的一包水果奉上。

一個年輕的女人給他們奉上茶，大約是兒媳。忽見有個胖嘟嘟的嬰孩像小牛般在地上爬着直衝過來，抓着永翔的褲腳。永翔忙俯身抱起，嬰兒嘻嘻笑，雙手抹在他臉上，濕濕的全是口水。

「喲，把少爺弄髒了。」女人忙把小孩接過來。

「沒事沒事。」永翔笑道：「是男孩吧？楠嬸好福氣。」

大家都不知如何開始談正事。

永翔忽然看到牆上掛着張楠的照片，前面桌子上擺着小香爐和鮮花。忙站起來：「我給楠叔上炷香。」走過去點燃三枝香，高舉過頭，向相片深深鞠了三個躬，把香插好。

「楠叔是幾時的事呢？」

「也快三年了。」張楠的妻子仍覺傷感，「只以為是痔瘡，到檢查出來已是晚期。醫藥、殯葬，實在對不起老爺……」

「楠嬸千萬別這麼說！」潘永翔搶着道：「錢用得其所才算是錢。是潘家連累你們離鄉別井。」

「那才叫福氣，看老爺少爺你受多少苦！」她回頭叫兒媳：「把箱子打開吧。」

箱子重，潘永翔和羅啟泰都去幫忙。

一個箱裏全是掛軸，另一個箱子是手卷冊頁和扇面成扇，每件各用棉紙包捲着。最後一個箱子是用棉紙包着的硬條，裏面應是金子了。

「金子用了五十條，剩下一千五百両。阿偉說書畫出了十二件，這是單子。少爺你清點一下。」

「不必了。」永翔拿出二十條金子放桌上：「沒給姪兒買禮物，這是給小孩子的一點心意，請千萬不要推辭！」

「少爺……」

永翔笑道：「楠嬸，你再說就把我當外人了！」

他們把箱子鎖好，下去叫司機和苦力來抬往車上。客套着道別。

自始至終，楠叔的兒子都沒有出現。

在車上，羅啟泰突然問道：「永翔你今年幾歲？」

「二十四了。」

「唔，是大了一點。」

永翔摸不着頭腦。

阿蘭在花園的小池邊餵魚。一看見他們回來，忙把魚糧全拋進水裏。

「爹爹！翔哥！」拉着永翔的手蹦蹦跳跳：「猴子壓在五指山，甚麼時候出得來？」

「喲，吃過中飯再跟你說好不好？先吃飯，要多吃。」把她送去飯廳。

他在羅家不遠處置了一幢小公寓，清晨或傍晚總順腳往羅家一趟，問個好，有難決的事都與羅啟泰商量。有了資本，他在羅啟泰的指引下，慢慢在這新建的城市站穩了腳步。他謙厚誠懇，謹守信用，吃些小虧也不計較。羅啟泰有時看見他處事過於大方，也會替他焦急。

「羅老指教得是，」潘永翔只是笑笑：「我心裏也不是沒分寸。這人今次佔了點小便宜，卻失去我以後的生意，將來不知要怎樣後悔呢。他若對旁人也來這一手，早晚要受到教訓。」

潘永翔去學英文，傍晚與放學後的阿蘭坐小院子裏乘涼，一起唸：This is a man, this is

a dog, a man and a dog...

很快阿蘭就跟不上了。

他對世界大事極為用心，訂閱好幾份中英文報紙，從不同的角度觀察各種大事小事。「世界大而富，香港小而貧，」他說：「以小奉大，注定要受壓。但富者日驕，貧者耐苦。兩者的差距會日漸縮小。」

他開始做起出入口的生意，膽大心細，迅速決斷，往往能比別人早行好幾步。幾年下來，歐美、日本和東南亞都有許多客戶，羅啟泰又是驚訝又是佩服。

他給阿蘭帶剛烤好的香噴噴小蛋糕、新一期的兒童樂園、會叫媽媽的塑料娃娃。有時他曲起手臂，阿蘭兩手緊緊掛在他腕臂上，彎起一雙細小的腿。高大強壯的他像單手吊着隻小猴子，繞着那株大白蘭樹小跑，滿屋子都聽見阿蘭嘻哇大笑。

空閒時他教阿蘭一點詩詞文史：「你叫羅紉蘭，知道是甚麼意思嗎？」

阿蘭搖頭。

於是給她簡單地說了屈原的故事。「屈原後來寫了一篇文章，有『紉秋蘭以為佩』的句子。蘭花很香，很清，是不是？就是把清香美麗的蘭花綴連成串，帶在身上。」

「男人也帶花串嗎？」

「那並不是為了好看。他是說，自己的心像蘭花一樣乾淨美好，所以佩戴在身上的東西也一定要美好乾淨。」他細心地解說着：「你爹爹為你取名紉蘭，就是想你長大了，也能有潔淨的心，只與美好潔淨的人交朋友。」

阿蘭眨着清澈的眼睛看着他，又看着父親。

羅啟泰不禁莞爾：「你給這丁點大的小孩説這些話，不是對牛彈琴嗎。」

潘永翔也笑：「現在聽不懂不要緊，只要記得一小半也足夠。我們小時候被迫着死記硬背的文章，不也慢慢明白了嗎。她只要知道為甚麼叫紉蘭便好。」

他閒來教阿蘭下棋，常故意輸給她，逗得她笑靨如花，拍手歡叫：「爹爹，翔哥又輸啦！蠢豬豬啦！」

羅啟泰撫着女兒的圓頭，只是微笑。

願是你盤中美味的果子

荷葉上的露珠子，水晶一般，有時散開，有時滾落，又有許多滴溜溜地滑回葉心裏去。那般清澈精靈，叫青霜歡喜。

素安正忙着找資料寫論文。潘家收藏既多，文史藝術書籍更是齊全，她近來大半時間都在那兒磨着，陪外公吃中飯晚飯，然後躲進書房。

潘永翔給青霜打電話：「買到一條黃皮老虎大石斑，你來吃晚飯吧。」「今晚有你最愛的咖喱牛腩。」青霜忙完便過來，順便看看老人家的眼白黃不黃，皮膚是否有紅點，小腿有沒有水腫。

「控制得很好呀。昨天的驗血報告也出來了，紅血球數量已恢復正常。」有時也帶水果來：「新到的日本桃子，今年特別甜。」

週末或假期，青霜把小電腦也帶來，坐在另一邊的小書案旁忙自己的事：寫醫療報告，查看最新的醫學雜誌，整理論文的資料……她翻書頁的聲音叫他安心，知道她在不遠處，低着頭，臉被微鬈的長髮半掩了，像藏在綠葉子後面的梔子花。

有時也替她查資料，一起看畫，把用完的書放回書架，做着瑣瑣碎碎的事卻滿心歡喜。他的腦子也像部小電腦，翻過的書看過的畫都自動存檔。看到「緯蕭草堂」便替她把宋犖的資料整理出來，甚麼書畫藏在哪一家博物館，也漸漸的毫無難度。

身邊有個好書僮，素安覺得非常得意。

「你近來好像不務正業了？」帶着微笑看他。

「沒有呀，」青霜笑道：「我只是借用你書房的一角，方便擠點時間做你的小學生。」

「我可不敢當，讀書種子，發芽長出的是秀苗呢？是雜草呢？」

「適逢大旱，甚麼芽都沒長出來，正欲求賜一杯金莖露。」

素安笑道：「『天邊金掌露成霜』，仙露早就被你吸盡了。如此可畏之人，我該避得遠遠地。」

青霜大樂：「你這是抬舉我呢，還是抬舉自己？」

潘老剛在花園散完步，聽見他們熱鬧，拄着拐杖踱過來：「甚麼事這般高興？」

青霜笑道：「林小姐把自己比作歐陽修，稱讚我是蘇東坡。」

潘永翔笑道：「不知天高地厚！來，我想喝杯茶，你們也歇歇。」

三人到茶室去，素安揀茶，青霜便搶着去燒水。素安道：「用那邊箱子裏的礦泉水，只淹壺肚子一半多些便好，太滿煮沸了要濺一桌子。」

潘老道：「現在喝茶是時髦，青霜你也得懂一點，比詩詞書畫都簡單多了。」

「我也不是茶盲，龍井、白牡丹、大紅袍，自小跟着母親喝。」

潘老笑道：「普洱茶，你懂多少！」

「我知有生餅、熟餅。生餅是自然氧化發酵的，年期長；熟茶是人工渥焙的，需時短。我還聽說過最貴的普洱茶叫宋聘。」

素安輕笑。

青霜惶恐：「我說錯了嗎？」

「沒錯沒錯，素素在唬嚇你。」

「我笑他像小學生背書。」

青霜不服氣：「明天你再來考我，我錯一題給你磕十個響頭！」

素安輕嗤：「誇自己記憶力驚人麼！你這響頭磕定了。」

「喲，為甚麼一定是我輸？」

「品茶用的是舌頭，死記有甚麼用。」

青霜輕拍一下手掌，笑道：「那我更是贏定了！我舌頭品酒一流！快快把各式茶都泡來！」

「我可捨不得拿好茶餵牛。」

潘老站起來揉了揉腰背：「我還是先躺一躺的好，回頭再來喝。素素，泡一壺黃文興給他試試。」

素安不願意：「公公，他剛開始就喝這個，太可惜了！」

「我用好茶招待好友，你吝嗇甚麼！」

青霜送他出去，潘老低聲笑道：「快快多磕幾個響頭罷！」青霜低頭忍着笑，把他扶到大廳，交給照顧他的護士。回轉來，見素安仍安坐不動：「咦，不是要泡茶？」

「我給你泡鐵餅。」

「為甚麼是鐵餅？潘老說的是黃文興。」

「八十年老茶，你懂甚麼。」

青霜走近她：「不懂才要試呀！林小姐！素軒居士！素素！泡黃文興吧，說得我越發饞死了！」

素安只含笑不動。

「真得磕頭？」歎一口氣，「磕就磕吧。」作勢要跪下，素安忙一手拉着。青霜順勢執緊她的手，素安的臉唰地漲紅了，要把他摔開。

「你給我泡黃文興，便放了你。」

「你抓着，怎麼泡茶。」

青霜笑道：「放了你，可不許反悔。」

素安只欲掙脫，青霜放開手笑道：「架子上哪一餅是黃文興？給你取下來。」

「盒子上都有小標籤。找一餅黃文興，一餅鐵餅，都取下來吧。」

青霜不高興：「說過不喝鐵餅嘛！」

「讓你先比較一下茶葉的大小和顏色，再泡出來試試不同的味道呀！真蠢死了！」

青霜賭氣把兩片茶丟桌子上：「這輩子，你是唯一罵我蠢的人！」

「凡事都有第一次，罵罵也就慣了。」

青霜笑道：「哦？每天都要罵我嗎？」

素安閉緊嘴不理他。

她把兩餅茶的包紙打開，各放在木托盤子裏，推到青霜面前。果然黃文興的葉子鬆透得多，色澤雖舊卻清亮。青霜捧起來嗅一下，一陣幽幽的陳香，不禁深吸一口氣。

素安說：「用大燙的水沖泡出來，那香才叫誘人呢。」站起身來取下一隻小茶壺：「這小壺子矜貴，只用來泡老茶。」發覺衣領上裝飾用的蝴蝶結有點散了，便放下茶壺，側過身子去整理。青霜看到了，獃獃道：「願在裳而為帶。」

素安發窘：「你胡說甚麼！」

青霜歎息：「還有呢，陶淵明怎說得完：願在葉而為茶、願在土而為皿、願在木而為几、願是食物而盛於你的盤子……」

素安生氣：「你再亂說，我便不泡黃文興。」

青霜忙道：「好，不說，別生氣。」過一會兒，還是忍不住：「但言為心聲，怎算胡說呢。」

「你是要我趕你出去嗎！」

青霜趕緊陪罪：「先讓我喝兩杯黃文興，喝完我立時爬着給你磕頭，天涯地角有窮時，你不叫停我便不起來，如何？」

素安嗤的笑了：「你一個醫生，怎滿口的詩詞，又胡改亂用，唐突古人。」

青霜笑道：「古為今用，即景生情，算不得唐突。我小時佻皮，母親找了個老先生作家教，狠狠地迫我死背。大約他們算定我會遇上個才女，怕你當我是頭牛。」

「懂幾句詩詞，保不定仍是頭牛。」

「那你助這頭牛脱胎換骨如何？對了，我近來總為一件事牽腸掛肚，想求你引渡。」

「你的事又與我何干？」

「這事除了你，世間再無人可解困。」

素安正襟危坐泡茶，波瀾不驚：「別揀不好聽的説。」

「我幾時説過不好聽的話？上回呢，潘老説有人寫了一篇妙文，有「霞飛葉下，擁西風而夜吟」的句子，求賜我一觀可否？」

素安笑出聲來：「有甚麼好看？不許看。」

「看看何妨？你不知我每天心癢得慌。」

「醫生自有止癢的藥。」

青霜長歎一聲：「世間哪有心藥。素安小姐，素軒主人，求你讓我拜讀拜讀吧。」

素安只是笑，把泡好的茶放在他面前：「八十年黃文興，請用茶。」

青霜拈起杯子放鼻端：「真香！有點像蘭花，又帶點陳年橘子味。」大大喝了一口，含着慢慢嚥下，閉目好一會，張開眼來説道：「但我心中還是想着那篇妙文，喝茶也不集中，豈不浪費了好茶？」

見素安毫不理會，便笑道：「好吧好吧，我便等着，耗個十年八年一百年，慢慢的磨到你願意，我耐性好着呢。」

素安斜他一眼，背轉身子，往鐵壺裏添水。

只因這是夏天

杭州的保俶塔，外牆剝落已盡，只留着塔心。一點陳舊，一點古拙，在山上孤零零地。卻正是那種苦澀與滄桑，比杭州所有的寺塔更令她醉心。

那人站在羅紉蘭面前，是一座保俶塔。

「羅小姐，」他微微曲一下身子，「余師傅退休回鄉，囑我來為羅小姐服務。」

羅紉蘭清一下嗓子：「是，余師傅說過了，你叫李節，是吧？我不喜歡推油，不打火罐，只鬆鬆筋骨。你每星期來三次，可否？」

「請羅小姐先試用一兩次，滿意了再安排時間。」

歡姐把溫水送進房間，扶羅紉蘭上了按摩床。

「請反過來躺下。」李節說，用薄被蓋着她下半個身子。

「師傅若需要甚麼，請按着這小鍵和我通話。」歡姐指着牆上的電鍵，示範一次。李節點頭：「明白了。」微笑道謝。歡姐便轉身離去，關上門。

「有甚麼地方特別不舒服嗎？」李節用手指按一下羅紉蘭的肩背：「這力度可合適？可要輕一點或重一點？」

羅紉蘭輕輕地嗯了一聲。

李節的手指開始在她頸項和肩背上游走，微微的酸麻一下一下透進她的心。鋼琴家按上了鍵，提琴手觸動了弦，群魚嬉泳於綠波水藻中，粉紅的桃花瓣在春風中悠悠翻卷……。

羅紉蘭全身的皮膚都在呼吸，房間裏隱隱約約一點兒香氣。那不是花香，不是焚香，是一種迷進她魂裏魄裏的暗香。這暗香，已被塵封在記憶中太深太久了。

南國的夏天來得快。這天診所的病人少些，青霜提早來到潘家。車子剛拐入停車場，看到一個年輕人正從出租車的尾箱中，捧出幾個大紙箱子。在旁邊幫忙的玲姐看見青霜，笑着叫：「邵醫生。」

青霜微笑答應，見地上一個箱子已裂開，嫣紅果子翡翠葉子，滿滿盛的是荔枝。笑道：「好大顆的荔枝！是糯米糍吧？」

那年輕人打發了出租車，回頭道：「兩箱桂味，兩箱糯米糍，還有一箱龍眼。」濃眉大眼，十七八歲的樣子，被汗水染着一張笑臉。

青霜見他褲腳鞋襪上都沾了不少泥濘：「你剛摘下來的？」

「是呀，大清早露水還沒乾，我在山上挑的都是最大最熟的。趕着從增城運過來，路上堵，才剛到。安姊最愛吃這些了。」

青霜覺得他可愛，便笑問：「你是誰？」

「我叫沐漣。」

「姓穆？岳武穆的穆？」

「沐猴而冠的沐。」

青霜失笑：「怎這般叫自己？」

「安姊罵我時便叫沐猴，聽慣了麼。」抱起一個箱子：「我先幫玲姐拿到廚房去。」

青霜走進客廳，素安坐在沙發上看書。看見他，抬起頭來。青霜趨近問：「你笑甚麼？」

「我沒笑。」

「啊？那一定是我自己笑了，怎麼竟會映到你臉上，鏡子一樣。」

素安別轉頭不理他。

青霜還想開口，沐漣捧着大玻璃盤子走進來，叫道：「安姊！」

素安把書一扔，跳起來道：「漣仔，小猴兒！」

滿滿一盤鮮紅的果子，洗乾淨了，隔着綠葉子用冰鎮着。沐漣彎身把盤子放在咖啡桌，素安伸手從他頭髮上拈下一片小葉子：「剛從鄉下回來？」

沐漣直起身子站在她面前，素安仰頭笑道：「又長高了。」沐漣只是笑，伸出手掌，素安便把那片小葉子放他掌心裏。

沐漣初見素安時，也是夏天。他在書房修理電腦，偶而抬頭，正看到一個人從室外的游泳池爬起來，全身晶瑩的水珠閃亮在陽光下。她拿起池邊的大毛巾裹着身子，抹臉，擦頭髮。她的腿，修長的纖細的，似晨曦映照着絲緞，泛着溫暖的柔光。沐漣想起母親，也是這般柔麗的膚色，後來，後來，後來就變成蒼白了。

沐漣看着這女子穿過花房，轉個角再也看不見。

許多天以後，他在保險庫內再見到她。

保險庫在地窖，攝影室、屏幕電腦、大型掃描器和打印機全齊備。一排排密封的櫃子裏貯着書畫、瓷器、玉器，古陶器，分門別類。房子中間是一張大書案。

她走了進來：「咦，你是誰？」

他忙從電腦旁站起來：「我叫沐漣。」

她點點頭：「你是那個電腦兒。」

沐漣不知道這是誇他還是損他。

「我想找那幅吳元瑜的《紅葉小鳥》。」

沐漣忙打入電腦，查到櫃格的編號，把畫卷拿出來：「林小姐，是這個嗎？」

素安接過，笑道：「你認識我？」

「潘先生說除了他，只有林小姐能自由出入保險庫，另外就是我了。」

素安打量着他，十四五歲的樣子，方臉上許多痘痘，站起來剛到她耳邊。沐漣被盯得垂下頭，有點膽怯，怎麼像學校裏訓導主任般滿眼都是挑剔。

吳元瑜

（十一世紀後半）

《紅葉小鳥》

吳元瑜是宋徽宗年輕時的繪畫老師，作品以花卉鳥禽為主。《宣和畫譜》說他改變了當時畫院的風氣：「素為院體之人，亦因元瑜革去故態，稍稍放筆墨以出胸臆。畫手之盛，追蹤前輩，蓋元瑜之功也。」在他的帶動下，刻畫工整的院體繪畫加入了清新的元素，富有自然天趣、賦物抒情的花鳥畫大受歡迎。

吳元瑜的畫作至今難得一見。日本大阪市立美術館藏有一幅，但無款。北京故宮收藏的《荔枝圖》卻達不到宋畫的水準。這幅《紅葉小鳥》為私人所藏，署款，畫和書法都高古，由明初的黔寧王沐昂、清初著名的鑒藏家宋犖、至近代的吳湖帆、王己千等都鈐有鑒藏印章，是現今所見吳元瑜最重要的作品。

此幀曾為吳氏梅景書屋鑑藏畫
心鈐明清諸家鈐印尚有可據也
元瑜

素安卻已轉過身，把畫打開，平鋪在桌子上。

「尺寸都量過了？」

沐漣從電腦屏上抄下來交給她。

素安低頭看畫，半天，忽然抬頭問：「你姓沐？水字旁一個木？」

「是。」

素安笑了：「過來，看看這印章。」指着畫幅上一枚方印。沐漣仔細看着，那字卻一個都讀不出來。

「看到了嗎？〔黔寧王子子孫孫永保之〕。」見他一臉傻傻的樣子，素安笑了：「這許是你祖先的藏印呢！」

沐漣發獃：「這是我祖先的名字嗎？」

「黔寧王姓沐，說不定你原是個小王爺。」

沐漣失笑：「真好！」

林素安卻一本正經：「你是雲南人？」

沐漣搖頭：「我父母都在廣東出生，外公幾代都在廣東。我祖父聽說是從廣西過來的，卻沒人提起過雲南。」

「雲南連着廣西，」素安沉吟：「說不定是一路遷徙，才落腳廣東呢。」指着那印章：「黔寧王沐英是明太祖朱元璋的義子，明朝的開國功臣。他平定雲南，戰功卓著，明太祖封為西平侯，死後追封黔寧王，子孫世襲。他的兒子沐昂、曾孫沐璘都是大收藏家。到滿清入關時已傳到十二代，其中沐天波追隨永曆帝到緬甸遇難，不屈而死，沐家也慢慢式微了。」

見沐漣一臉茫然，「歷史一點都不知道嗎！」

沐漣覺得羞愧：「學校沒有歷史課。」

素安不悅：「是，你們的歷史知識由八卦電視劇裏學來。」

他只知道《鹿鼎記》有個小郡主沐劍屏，本來頂可愛的女孩，後來竟成了韋小寶的小老婆。他於是一直非常憎恨那個女演員。

素安收起畫卷：「沐，是個高貴的姓氏。你可別只像一根泡了水的木頭，辱沒了先祖。谷歌、百度都可以查歷史。」

沐漣不敢再説話。晚上回去忙把沐家的歷史翻查出來，看了半天，忽然笑了：這沐家怎會是他沐家，武功高強，身世顯赫。但他父親是大廈的保安員，也許就是那麼一點點男兒氣，才能攀附上這不凡的姓氏。

他花了好幾個晚上，把沐英和朱元璋的故事做成動畫。

「林小姐我給你看這個！」喜孜孜坐在她旁邊打開 iPad。

林素安看得入迷。「這朱元璋樣子還該醜些，沐英再加幾分英氣，他是你遠祖。」説出幾處要修改的地方，轉過頭來揉一下他的頭髮：「小猴兒，你真不錯呢。」

沐漣靦腆：「安姊！」

從此便成了他的安姊。

他暑假每星期來三天，把藏品都編號、拍照、量尺寸、電腦裏存檔。又把所有的圖書分類編號，以便查閱。已經四個暑假了，像自己的家一樣。

前年，素安大學畢業，沐漣陪潘老先生去參加畢業禮。安姊的母親穿着黛綠色的旗袍，那溫柔甜美的笑容叫沐漣想起自己的母親。多希望有一天，他大學畢業了，母親也能穿上旗袍，那是她最心愛的衣裳。那件旗袍，父親流着淚，抖着雙手艱難地為母親穿上，暗紫色衣料襯着她已變成石膏似的面容，小沐漣在床前號啕大哭。

安姊大學畢業了，沐漣為她高興。除了母親，沒人能像安姊那般美麗，沒人像安姊那樣真心對他好。

現在，來了這個邵醫生。

編一個完美的劇本（一）

邵醫生早上起來覺得脖子痠疼，僵僵的，轉不了左又扭不去右，昨晚落枕了吧。家裏有鬆弛肌肉的藥，他塗上一點，又做了幾個伸展動作。

「星期天，可要去醫院？」母親問。

「沒有留院的病人，可以不去。」

「那你試試我的按摩師，他下午來，很不錯的。」

邵青霜看到李節時有點詫訝，五十歲不到的樣子，骨肉亭勻，彬彬有禮。輪廓精緻的臉，笑的時候眼睛彎彎的似半個小圓月，由眼角到兩頰便跟着漾起不少細紋，似春風吹皺了池水。腳步輕輕的，像是盪過天空的一片浮雲，完全不是一個按摩師應有的模樣。

「只是落枕了，沒事。」李節替他搓揉，又沿着他的右臂下按到手指，青霜覺得痛。

「邵醫生是外科醫生吧？長期操刀，肌肉緊了。有空我替你多按幾次就好。」又教他幾個動作，「每天做做，應該可助筋肉鬆弛，不妨試試。」

青霜見他談吐不俗，半閉着眼笑問：「李師傅甚麼地方學來的手藝？」

李節笑道：「若告訴你是武當真傳，邵醫生可會相信？」

「你何必謊我？我不會懷疑。」

「其實家父是中醫，特別專長穴位針灸。可惜我自幼無心於此，現在後悔也來不及。」

「你的興趣是甚麼？」

李節遲疑：「邵醫生你別見笑，我自幼學芭蕾，也喜歡玩箜篌古琴等樂器。」

青霜張開眼來：「怪不得！」

「年紀大了，南來貴地，只能靠父親教過的一點兒皮毛混飯吃。」

才五六歲，扮女孩子演湖邊的一隻小天鵝，十七歲便是王子。幾十年落下許多腰腿的毛病，靠老父的一雙手舒緩了許多，慢慢也就學到一點兒手藝。

邵青霜重又閉起眼。那般高貴奢侈的愛好，流落到一個連夢都不懂編織的小島上，可惜了。

羅紉蘭敲門，把頭探進來：「怎麼樣？舒服嗎？」

青霜笑道：「我都不願起來。」

「那不行，」李節笑，「再按久了，你明天可得受苦。」

青霜起身：「好，好，媽媽也等不及了。李師傅可要喝杯水？」

「李師傅說今天沒旁的客人，我請他替我多按些，留他在這兒吃飯。」羅紉蘭說：「青霜你也在家吃吧。」

「媽媽你別管我，我自有去處。」摟摟母親，回房換衣服去了。

李節扶羅紉蘭躺好，給她蓋上被子：「邵醫生真是人中龍，又親近你，羅小姐好福氣。」

「福氣麼？我這一生，福也有許多，氣也有許多。」

李節笑起來：「羅小姐巧心。但誰不是福、氣兼備呢？無風無浪，怎算得是人生。」

羅紉蘭看着他。因為峻拔，山巒便鬱鬱蒼蒼，因為煙雲嬝冉，峰岫便有綽約丰神。

「李師傅的家人也在本市？」

李節沉默良久。「老父在國內，此外，沒有家人。」輕輕嘆息：「羅小姐，我和你是同病之人，但你還有邵醫生。」

羅紉蘭惻然：「對不起。」

「也沒甚麼，一年一年的過去，早已習慣。」

「寂寞也能習慣嗎？」羅紉蘭輕聲問道。李節沒有回答。

過了許久，羅紉蘭突然捉住他的手：「不要，不要這樣。」

李節低聲道：「能治失眠。」

「不要。」羅紉蘭聲音發抖。

大半年了，兩個成年人，頻頻肌膚碰接，進一步、退一步，都小心翼翼地迴避着。

「別怕。」李節湊到她耳邊：「放鬆，你只要放鬆就好。」

羅紉蘭全身繃得更緊。

「你要對自己有信心。」他再次活動着雙手：「既然生命仍在繼續，便不該坐等死亡。相信我，你是個天然美麗的女人。」

羅紉蘭歎息一聲，緩緩閉上了眼。

她睡得非常安穩，醒來已是黃昏。李節坐在旁邊看手機，見她張開眼，笑道：「舒服吧？我真怕你翻身從按摩床上摔下來。」伸手托着她的腰背，把她扶起。

晚餐的鹽焗雞和蒸石斑魚都非常美味。

羅紉蘭吩咐把茶點送往小偏廳：「試試這 tiramisu，歡姐做得比外面的好吃。」

李節笑：「我這輩子幾乎都沒吃過甜點。」從小學芭蕾舞，嚴格控制着體型。

「太可惜了，你錯過了天下的至味。」羅紉蘭挑了一大塊送嘴裏，向着他黏唇吞嚥，李節哈哈大笑。

「真想看看你跳舞的樣子。」

李節拿出手機，靠在她旁邊展示裏面的圖片和錄像。「都是多年前拍攝的了，只是重新收在手機裏。」

年輕時的他簡直就是個王子，那隻黑天鵝被他托高、放低，繞着他團團地轉。他是軸心，掌控着湖邊的一片小天地。然後他開始大跳：似一頭倏然展翅的雄鷹，迅間躍高數尺，雙腿懸空，一前一後扯得筆直，收腿落地，霎時又再彈起騰飛。他把那樣高難度的動作一口氣連續躍跳好幾次，流麗輕盈，賞心悅目。

羅紉蘭連連讚歎。

「我還拿過冰上雙人舞的金獎呢。」李節說，把另一個錄影搜出來。漂亮的他拖着一個女郎在冰上滑行，像兩隻天鵝舒展着翅膀。她在他的輕扶下蹲踞，彎腰，作燕子式旋轉。突然地，他右手往外一甩，女子被拋得急促盤轉着向遠處飛去。他卻迅速滑前，一伸手又把她拉回臂彎裏。她便嬌媚地回頭仰視，兩雙眼睛同時有火花一閃。

羅紉蘭輕歎：「合作得天衣無縫！這女子纖巧高貴，真是隻天鵝。」

李節把錄像從屏幕上掃走，沉默好一陣子：「我不該保存她的影像。」

羅紉蘭抬眼看他。

李節收起手機，無奈地笑。「也不過是人世間重複了億萬遍的故事：相愛、相厭、相怨、相分。誰有更好的劇本？」

羅紉蘭也沉默了。「結局也許不一樣吧。」她終於說：「咬牙切齒地相殺，摧心瀝血地相恨，也有揮揮衣袖相忘於江湖，更有人相悔相逢再次相親，你喜歡哪一種？」

「難道可以挑一個自己喜歡的結局嗎？那為何無法編寫劇本的開頭，更控制不了其中的情節？即便能挑選一個夢想中的結局，但曲曲折折走過來，最終的結果也未必真如你所願。」

是，每一分每一秒，每一件事，每一個人，都在改變。山峰上清澈的冰水會流經污泥黃土，盛開的花朵會遇到暴風雪。許多人和事物的變數一塊兒碰撞起來，你便卑弱如同一粒微塵，脫不了身，無法自主。

編一個完美的劇本（二）

不知甚麼時候開始，樹上的葉子悄悄地變換了一些顏色，間或被風吹落三幾片。但南方的秋只不過是一陣輕風，幾乎尋不到蹤跡，也吹不去草坪上的深綠。

星期天，素安來得晚了些，剛走進花園便聽到鋼琴聲。客廳裏的大鋼琴，自從表哥表姐各在婚後搬出，就只有她間或彈一下。

她輕步走進去。琴音似細柔的瀑布緩緩流淌，沿着她的頭髮，她的臉，流過全身，把她包卷在清涼的水氣裏，向無垠的深湛處浮游。雲端之上、星河之中，那位飄遊嬉戲着的赤子看見了她，瞬眼間飛滑到她面前，微笑着俯下身來，雙手伸向銀河深處，掬起了一彎雲水。他把雙掌遞向她，點點星光從指縫間瀉落，掌心仍貯了滿滿一瓢清明的月光。

素安的雙目溫潤了：年復一年，奼紫嫣紅，開滿寂寞的院落。我等待着的人，終於出現了？

彈完最後一個音符，邵青霜靜靜地坐着。每次彈完一曲，他總要一點點時間去平復自己。園子裏的綠，從窗外溢過來，泛進他的心裏。

然後他站起來，轉過身，才看到倚在門邊的素安。花園裏有一株芙蓉，剛才看到，幾叢蓓蕾卻只綻開了一朵，巍巍立在長莖上，便是她這般模樣。青霜禁不住滿心歡喜。

「你來晚了呢。」走到她跟前，發覺她的眸子中，彷彿也有點怯怯閃閃的意思，像彎彎的小月亮隱在柳條間的樣子。

素安垂下頭。心裏說，你彈得那麼好。又想問，為何要這般出色，你怎能夠樣樣都這麼出色。

但她只說：「公公呢？」

「剛午睡起來，許是在茶室裏。」

潘老不在茶室，他在書房裏看畫，大案子上拉開半幅畫卷，沐漣和護士在旁邊陪着。看見他們進來，輕聲打了招呼，一起走出書房。

潘老說：「原來聽莫札特，看陳道復，是絕配。」

青霜忙走近問：「這陳道復是甚麼人？潘老教我！」

素安笑道：「先看畫，把感覺說來聽聽。」

潘老歡喜：「真是教學的好法子！素素你來拉畫卷吧。」

素安在他旁邊坐下，青霜便站在他們身後。畫前的引首有「白陽逸韻」四個大字，署款稚登。

「這人我知道，」青霜說：「王稚登，去年你在蘇富比買到的馬湘蘭扇面，蘭石旁就有

陳淳

（一四八三—一五四四）

草書《岳陽樓記》（局部）

陳淳，字道復，號白陽山人。他出生在一個富裕的士大夫家庭，自幼師事文徵明，凡經學、古文辭、詩書畫並臻其妙。但他不善理財，父祖歿後，他「濟世終無術，謀生也欠緣」，加上惡奴欺主，只剩餘少量田莊收入維持生計。他的性格本就如野鶴閒雲，此後更是寄情山水，「竹杖與芒鞋，隨吾處處埋」。在書畫創作上，他擺脫了文徵明的羈絆，筆意縱橫，隨興點染，放逸而不流於粗野。他以大寫意的筆墨作花卉寫生，是繪畫史上潑墨風格的一次飛躍。其草書則如捲瀑飛濤，長空鷹隼，動人心目。

釋文：

岸芷汀蘭，郁郁青青。而或長煙一空，皓月千里，浮（光）躍金，靜影沉璧。漁歌互答，此樂何極。

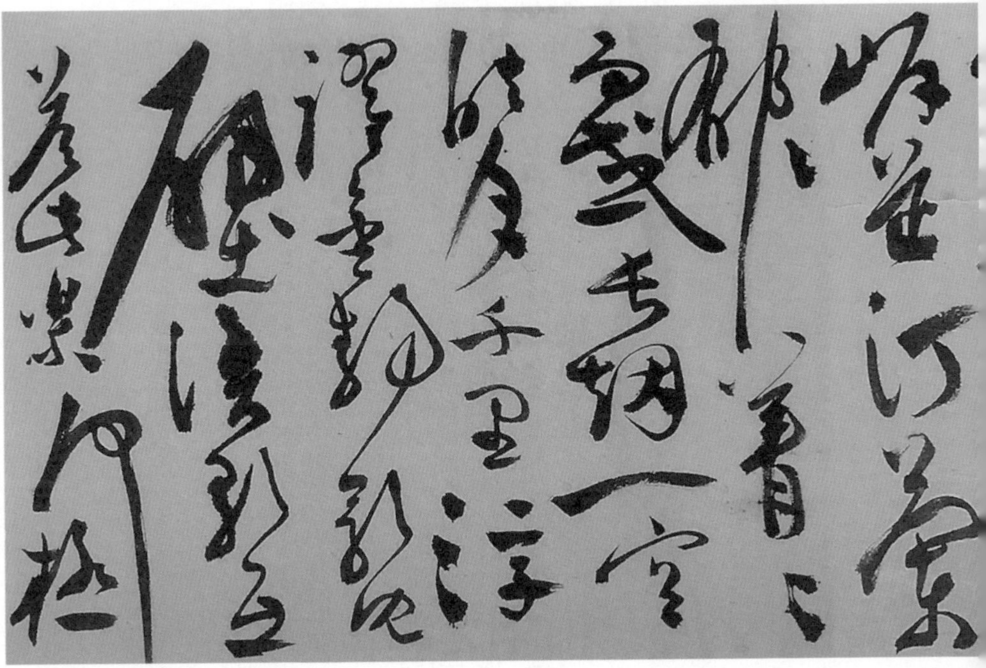

他的題字。」

素安道：「就是他。他比陳道復晚生五十年左右，寫大字最有氣勢。陳道復名淳，白陽是他的號。」

畫卷並不太長，用水墨染出連綿的山脈，其間煙水迷濛，雲飛煙卷。山峰墨色較濃，含水亦重，便似驟雨初收，山川草木全浸潤在沉沉的濕氣裏。瀑布在山石間流過，跌入前面的河川，岸前叢木參差，一座小木橋，錯錯落落的村舍亭子。

「喜歡嗎？」

「太好了！」青霜讚歎：「這不是米家山，不是高克恭。他們的結構都比較嚴密，用筆比較精準，繪畫時應是極用心思。前幾天看過畫冊上方從義畫的雲山，墨色淋漓，隨意揮灑，這卷子就帶有這般意趣。只是方從義立意標奇，陳淳卻更是不拘一格，眼中所見，心中所思，順手揮出，一片天真爛漫。潘老說它與莫札特的音樂最配，真是高見！」

潘永翔微笑着：「後面還有他的書法呢，你再看看吧。」

素安把書法部份捲出來，邵青霜忍不住一聲輕呼。

痛快淋漓的濃墨，像奔騰的長江水，從蒼杳的天際洶湧而來，裂岸驚濤，浩浩然奔向更深更遠的天地。青霜只覺一顆心都被攪動了，如瀑布直墮入深淵，如被海浪卷噬了精魂，收也收不回來，直向浩瀚的無名之境衝去。

他長長歎息。

「並不完美，但精光耀人，法隨意轉，意不掩法，法不礙意。而且氣度超越，豪放而不粗野，竟能自成一家。比起他的書法，他的畫已是收斂得多了。」

潘永翔向着素安笑：「素素，你可遇到對手了。」

青霜連連搖手：「我儘在胡說。我跟着你們，若再不開竅，早晚被逐出門牆。我擔心死了。」

潘老點頭：「藝術最講天份，而且百川匯流。你音樂天份如此高，走進書畫之門自然也能心領神會。學醫真浪費了你。」

青霜一臉不高興的樣子：「潘老說我不是好醫生。」

老人哈哈大笑：「喲，我説錯話了，你是宰牛的庖丁。」

素安笑着把畫幅捲起。

護士進來把潘老扶上去洗浴。青霜見室內沒人，悄聲說：「你等我一下。」轉身出去，在鋼琴頂上拿下一個小包走進來。素安笑道：「甚麼東西？」

青霜遞過去給她：「你猜。」

素安拿在手中輕輕按了一下：「這是毛筆或摺扇盒子。」

青霜把包紙打開，是個狹長小盒，裏面果然嵌着一把紙扇，那湘妃竹子扇骨也不過二十來公分長，深棕色上散散落落一些小黃點，打磨得極光潤精緻。

素安打開扇子，是一幅吳湖帆的梅花，瘦影橫斜，紅萼脂蕊，不禁連聲稱讚：「近代畫家只兩人最有秀氣，江南的吳湖帆，嶺南的李研山。」把扇子反過來，卻是一頁精細的小楷書：

管道昇

（一二六二—一三一九）

《梅竹圖》（局部）

管道昇字仲姬，吳興人，趙孟頫（一二五四—一三二二）妻，是中國古代繪畫史上極稀有的女性藝術家。曾手書《金剛經》數十卷，又善作墨竹梅蘭。但她傳世的作品極少，此卷《梅竹圖》有趙孟頫小楷題跋，又有文徵明跋，多種著錄。卷上鈐有著名收藏家安國（一四八一—一五三四）及項元汴（一五二五—一五九零）的鑒藏印。

管仲姬的用筆秀雅而不纖弱，墨色溫潤，氣度端凝，有幽嫻風致。趙孟頫跋中稱讚她「落筆秀媚，超軼絕塵」。佳侶同好，本令人羨慕，但趙孟頫才多名重，不免有些風流韻事。本篇小說中提到的三對「神仙伴侶」，趙明誠姬妾眾多，吳湖帆在妻子歿後，信誓旦旦要「盟訂他生，白頭如願」，又以《綠遍池塘草》圖詠冊，弄得全國都在憐惜他的癡情。但過得兩年，迅即與亡妻的年輕使女再婚。所以林素安說「這三個男人沒一個專情，卻做出情深款款的樣子欺騙世人。」

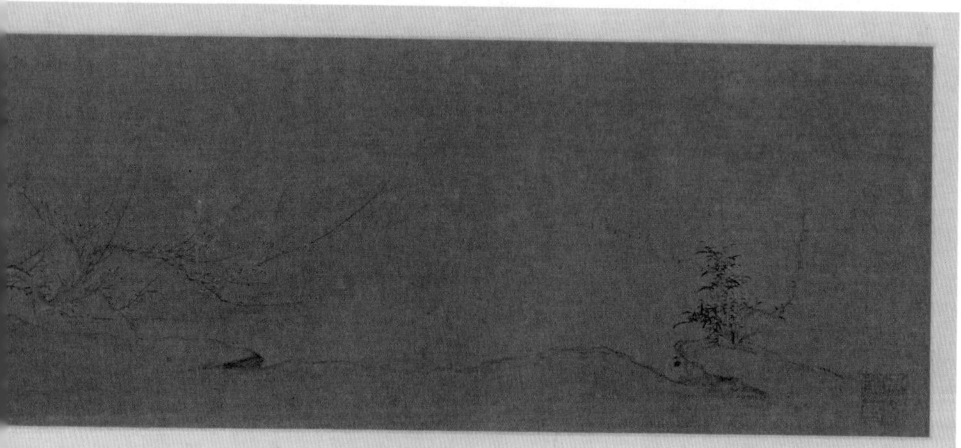

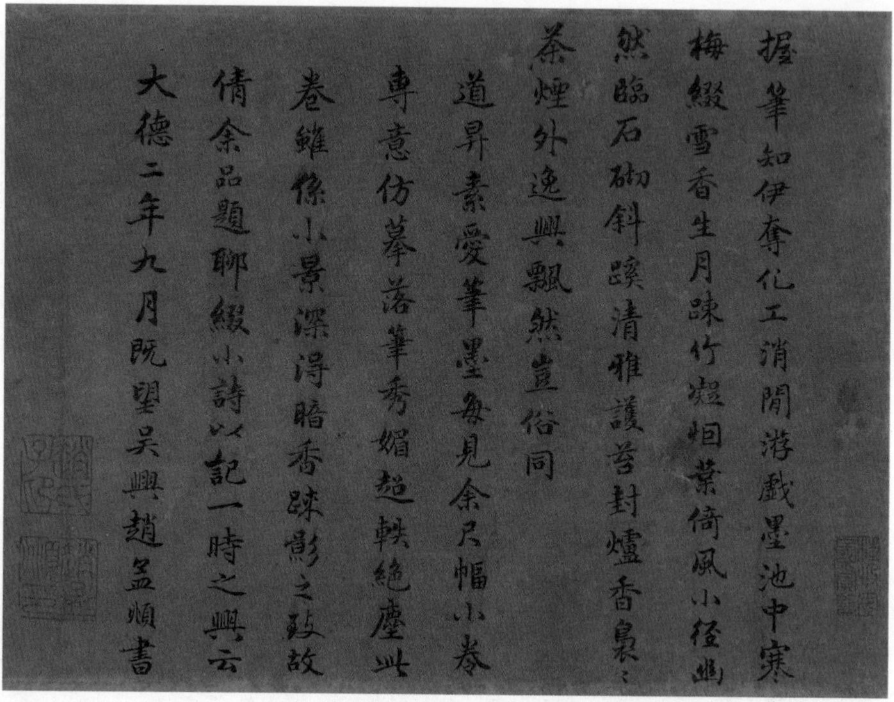
握筆知伊奪化工消閒游戲墨池中寒
梅綴雪香生月踈竹凝烟葉倚風小徑幽
然臨石砌斜蹊清雅護苔封爐香裊々
茶煙外逸興飄然豈俗同
道昇素愛筆墨每見余尺幅小卷
專意仿摹落筆秀媚超軼絕塵此
卷雖係小景深得暗香踈影之致故
倩余品題聊綴小詩以記一時之興云
大德二年九月既望吳興趙孟頫書

管道昇《梅竹圖》後，趙孟頫題跋。

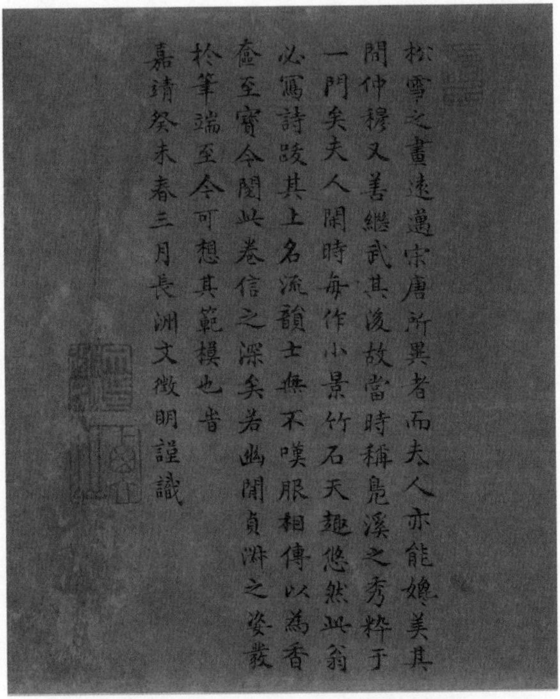

管道昇《梅竹圖》後，文徵明題跋。

明月照窗紗
疏影橫斜
南枝已放兩三花
為愛冰姿如畫裏 簾幕休遮

相與泛流霞
好句頻賒
圍爐向暖按紅牙
如此良宵能有幾 莫負年華

「潘靜淑自書小詞，」青霜笑道：「趙明誠李易安、趙孟頫管仲姬、吳湖帆潘靜淑，合志同心，是不是很有意思。」

素安說：「那我祝你早日找個名醫，配一對神仙伴侶。」收起扇子遞回給他。

青霜不接：「我可沒想過找個醫生當妻子。潘老說前幾天是你生日，怎不告訴我？我知道得遲了，你別嫌棄。我一個開古董店的朋友說，趙明誠李易安的筆墨是絕對找不到了，第二對的機會也渺茫。搜了幾個月，替我找到這扇子。」

素安笑：「那你好好留着。」

「我留着作甚麼？送你生日禮物吧。」

素安搖頭：「這三個男人，沒一個專情，卻做出情深款款的樣子欺騙世人。祝願我找到合志同心的麼？可惜他們都要落選了。」把扇子丟桌上，走了出去。

捧在掌心裏的白蘭花

李節的按摩催眠法這幾晚完全失效，羅紉蘭幾乎夜夜無眠。

如飛絮般飄過，那些記憶中細碎的片段。小時候常吃的零食是橄欖，咬下去一點兒酸，又帶些許甜，那味道愈是難於分辨，便愈捨不得丟棄，總想慢慢嚼出甘美來。到最後，只留下滿嘴渣滓，吞下一些，吐出一些。然後，舌間久久殘留着半甜半澀的滋味。

那年，家中院子裏的白蘭花開得比往年燦爛，清幽的香氣暗暗滑進人的骨子裏。她做完功課出來，看見父親在白蘭樹下的藤椅裏坐着，翔哥站在後面替他搓揉肩膊。

「阿蘭當然是好孩子。」

羅紉蘭忙停住腳步。

「你願意照顧她一輩子嗎？」

「她永遠是我的小妹。」

「你真不明白我的意思？永翔，相差十七八年，其實不是甚麼大事。」

好一陣子，兩個人都不説話。

「多謝羅翁，」翔哥終於開口，「但我命途多蹇，事業未成，實在不敢耽誤阿蘭。」

父親輕輕嘆氣：「也難説，她才十一歲。但將來要是她自己願意，你千萬不可有顧慮。我跟她母親也説過了，只有你，我才能夠放心。」

羅紉蘭的心卜卜亂跳。從小就陪着母親看才子佳人的粵劇，父母之命，就是這樣子？

「我的財產，律師樓那邊都清楚，只是清理遺產稅需要些時候。」

「羅翁別為錢銀的事操心，照顧太太和阿蘭都是我的責任。你的財產一點都不必動用，到時會全交給阿蘭。」

「我對律師説到她二十二歲，大學也該畢業了。」又長嘆一口氣：「兒女情長，真叫人無奈。永翔，你我相識是福氣。」

潘永翔突然走到他面前跪下來，把臉埋在他的膝上。

一定有甚麼事了！羅紉蘭心底發涼。

冬天，父親病逝。

潘永祥像是阿蘭的監護人，替她找學校，去家長會，督促她的功課，晚上九點之前要回家，大學前不許交男朋友……

「翔哥，你放心，我不會交男朋友。」有一年中秋節，他們在花園裏吃月餅和柚子，空氣中飄着淡淡的桂花香。

「喲，你當然要交男朋友，但你才十五歲，過幾年吧。」

「我不要！」低低怯怯地説着，永翔聽不清楚。

「你説甚麼？」

「我長大了嫁給你！」小小聲音抛下一句，扭身飛一般跑進屋子裏。剩下潘永翔在花園裏發呆。

再過兩年，阿蘭正預備功課考大學，羅太太突然心臟病發，急送醫院。手術後昏迷，折騰了好一陣子，終於去世。阿蘭的大學入學試考得一塌糊塗，便嚷着要往外國去。到一切手續辦好，潘永翔親自送她往紐約，看過宿舍，買許多衣物用品，開個銀行戶口，信用卡還不太流行，又怕丟失，不替她申請。

「用錢就去提取，宿舍不安全，別一次取太多。」每件事都叮囑又叮囑。

小女孩換了新環境，禁不住興奮。

潘永翔離開美國前，和她一起吃晚飯。他心情惡劣，食不下嚥。阿蘭也雙目含淚。從餐館出來，在狹窄的街道上漫步，風清冷地吹在他們的臉上。

「翔哥，你記得時時來看我。」

「一有時間就來，我答應你。好好用功，我會常給你寫信、打電話。別省着錢，要買甚麼寄甚麼也告訴我。」

阿蘭停下腳步，看着他，突然撲到他懷裏來，抽抽咽咽。

潘永翔兩手不知該何處擺放，猶疑着放到她的腰背。他的心突然柔軟了，第一次，身為男人的他，摟抱自己心愛的女人，溫柔而心痛地摟抱着。

阿蘭仰起頭來，一臉眼淚。永翔用手指替她輕輕拭抹，她卻把嫩嫩的小臉送到他唇邊。永翔再忍不住了，吻了一下，淡淡的鹹味。當阿蘭把雙唇湊過來，他緊張得輕顫。三十多歲的人，還不如小女孩勇敢。他深深羞愧，便大膽地親上去。

那是她的初吻。

但和小說中描寫的完全不一樣。沒有天使的歌聲，清脆的風鈴沒有響起，彩雲沒有從天上飄過來，身邊也沒有玫瑰的香氣。

「好好唸完大學，」他又再吻她：「畢業後我風風光光迎娶你。」

但沒有，這樣美妙的事情沒有發生。

那個年代，宿舍管理嚴格，每層樓只有一台電話，掛在樓梯附近的牆上。得有人接聽了，再來敲房門通知去聽，海外長途電話的費用更是驚人。

「每星期五晚上八點，在電話旁邊等，別忘了。」

但星期五晚上，幾乎整層樓的女孩子都堆在樓梯附近。

「身體好嗎？習慣嗎？錢夠用嗎？」

一群年輕孩子們，想家，有人半夜裏偷偷地哭。但一兩個月過去，都像森林中自由自在的小鳥，吱吱喳喳快樂地唱着，分享着心中的秘密：那個長頭髮的男孩眼睛比天空更藍，你快去打聽球場上那高大威武的男生叫甚麼名字……

阿蘭漸漸不想接潘永翔的電話，重重複複都是那三幾句。怎能告訴朋友們每週末打電話來的，是個三十多歲的男人，更千萬不能叫人知道父親有意要自己嫁給他。都說要打倒封建，原來不是沒有道理的。

有個週末，宿舍裏幾個女孩子都說要去溜冰。

「Linda 你也去，龜在宿舍幹甚麼。」

「我不懂溜冰。」她怯怯道。

「溜冰也不會？我來教你！」

穿上溜冰鞋，羅紉蘭寸步難行。女孩們拖着她走了幾步，叫她扶着欄杆慢慢練習，然後都像蝴蝶般遠遠飛去了。她抓緊欄杆小步地走，似乎也不太難，便嘗試着鬆開了手。不料剛想舉腳，身子已似一匹溜韁的馬，嚇得趕快使力站穩。誰知越是發力，雙腳溜得越快，腰身後傾，直直要向地面摔去。她忙亂中伸手要去抓欄杆，卻抓不着，害怕得驚叫起來。

突然背後一緊，有人從後面兩手托着她，推擁她溜溜地滑行，逐漸減慢了速度。然後微一用力，扶她直立起來，順勢輕輕一旋，她不由自主地轉了個半圓。

她便看見了他的臉。

寒夜的空氣像冰雪般清涼。

他捉緊她的手微笑：「嚇着了吧？臉都青白了。不怕不怕！」細細地審視着她：「香港來的？但你是北方人。」聽不見她回答，又笑：「原來是個啞巴。」

羅紉蘭嗤的笑了。

他也嘻笑。「啞巴也沒關係，聽得見我對你說話便好。我似乎在甚麼地方見過你，」側起頭一會兒：「想不起來了。」

他帶着她在場上飄盪起來：「身體稍微前傾，雙腳一下一下向左右斜開，吔，這樣子。我在不遠處看着，想：不好！這女孩要摔倒！忙趕過來提醒你。但又怕太冒昧了吧？所以稍一遲疑，先深吸一口氣才敢開口說話。不料用勁過了頭，把你直直吸着向我倒過來了。真真對不起，沒法子，只好出手救你。」

羅紉蘭斜他一眼，咬着嘴唇不說話。

「不信？那我再深吸一次？」

羅紉蘭忙搖搖晃晃要避開。

他拉緊她，又笑了：「騙你的，別怕。你這般亂晃，轉眼又得翻倒。但你真的要好好謝我，這樣子向後傾跌，骨頭都要碎裂的，不是太危險了嗎。我叫邵子雋，雋永的雋，老爸嫌我不夠俊美，但總算有點味道，就像讚美女孩子有氣質。」哈哈地笑：「那又美麗又有氣質的女孩叫甚麼名字呢？能否告訴我？」輕輕地搖着她的手。發覺她想把手抽出來，卻又不是十分堅決的樣子。

「連救命恩人也不讓知道嗎？那我試猜猜看，請給點提示。」

羅紉蘭聲音小小的：「是與花有關的名字。」

「那好猜。最美的花叫甚麼？玫瑰？中國人愛牡丹，你不是玫瑰便是牡丹！猜對了吧？」

羅紉蘭輕輕搖頭。

「都不對？難道還有更美的花？那是甚麼？」

羅紉蘭小聲嘟噥。

「甚麼？甚麼蘭？香蘭？秀蘭？」

「不是的。」

「有沒有害羞的蘭花？哦，我知道了，有含羞草，你叫含羞蘭！」

羅紉蘭提高了聲音：「紉蘭！羅紉蘭！」

「堅韌的蘭？甚麼意思？」

「縫紉的紉。」

「縫起蘭花？多古怪的名字。」

「甚麼古怪，屈原你可知道？」

「知道，因為他，我們每年端午節有糉子吃。」

羅紉蘭有點生氣，甚麼人嘛，有得吃才記住了屈原！她把「紉秋蘭以為佩」細細解釋給他聽。很小很小的時候，有位寵她愛她的大哥哥，要她牢牢地記着：「要有潔淨的心，只與美好潔淨的人交朋友。」

她抬起頭來，天上飄着許多雪花。

我沒有忘記你的話呢，我只與美好潔淨的人交朋友。

到她回過神來，發覺自己仍在冰上滑行，腰被圈在邵子雋的臂彎裏。

不到一年，她告訴翔哥要和姓邵的年輕人結婚。潘永翔急忙趕往紐約，挽着她的手走進教堂，微笑着把她交給俊美的新郎。

參加婚禮回來後不久，潘永翔也結了婚。那是他同鄉的一個女子，多年來一直幫他管理家中雜事。次年生下一對龍鳳胎，他親吻着胖胖的嬰兒，吞下日復一日的思念。

是命嗎？也不完全是。

邵子雋畢業後在一家物流公司工作，專責往來亞洲的貨運。第二年，羅紉蘭也畢業了，父親的經營因子加上潘永翔多年的薰陶，開始爆發出來，她嘗試做點小生意。邵子雋驚訝地發覺她有極靈敏的商業觸覺，看得準，膽子大，出手快。為了省錢，兩人租住唐人街一層老樓房。地板有幾個窟窿，踏上去會咯吱咯吱地響。

那天晚上，她一直無法入眠。身畔的邵子雋輕輕地呼嚕，長長吸進去，悠悠細細呼出來，拉出幽幽的笛子似的清音。她禁不住微笑。有一批貨，數目很大，她在盤算着怎樣分銷，計算應可獲得的利潤，興奮得身心發燙。但入貨的本錢也很費思量，沒甚麼信用記錄，銀行是不會輕易借貸的，還得自己想法子。她伸手過去輕撫着身邊人的兩道刀眉，那麼闊大的方臉，即使睡着了，也透着一股威嚴霸氣，但睫毛卻很長，嘴角微微翹起，旁邊若隱若現有個小酒窩。她一顆心滿滿的溫愛柔情：她的良人，在她身旁，是她一生相攜相愛的伴侶。

她忽然聽到床邊悉悉索索的聲音，轉過頭去，從地板的一個窟窿裏，亮出兩隻晶瑩剔閃的小眼睛，正盯着她看。

羅紉蘭尖叫一聲，一把抱緊身邊的丈夫。

邵子雋矇矓地擁着她：「唔？」

她往他懷中鑽去：「老鼠！床邊有隻老鼠！」

「老鼠？小小的老鼠有甚麼可怕？」迷糊着嘟噥：「你該怕大的。」

「甚麼大的？」

邵子雋噗嗤笑，人也漸漸醒了。轉過身來扭着，撕着，顛簸着。老鼠早已被嚇得蹤影全無，連天都快塌下來了。

「怕不怕？怕不怕？嘿，怕了吧？快說！」

那一刻，一直嵌進腦中，藏得那麼深，滲入骨髓。

第二天吃早餐時，邵子雋喝着咖啡，向她瞇瞇笑。

「你怎麼老盯着人家！」羅紉蘭紅了臉發嗔。

邵子雋伸手過來擰她腮邊：「還害羞？你這小妖！」

羅紉蘭羞笑着捉住他的手，他順勢把她拉過來吻了一下，深深沉醉。

羅紉蘭說：「雋哥，我把那筆錢先挪出來入貨吧。」

他放開手。「那筆錢？不是早就叫你退回去嗎？」

潘永翔一直給她寄錢，她結婚後又匯來一筆：「買個公寓，租住不划算。」那時曼哈頓中城一層體面的小公寓，也只十餘萬美元。

可是邵子雋不高興。他自己有很好的獎學金，結婚後拚命兼職，現在更有了固定的工作。「我是你的丈夫，養家置業當然是我的責任！」一定要她把錢都退回去。

紉蘭卻一直猶豫，怕會太傷翔哥的心。

「我快滿二十二歲了，父親留下的財產可以支配，到時再還給他。」

「我—不—要—用—那—老—男—人—的—錢！」

「只是借用，他也不是老男人！」

「快四十歲還不老！」

「雋哥。」

「別叫我雋哥！雋哥翔哥混混分不清！」

羅紉蘭氣得說不出話。

「我自會想辦法籌錢，看不起我是不是？說了多少次快把錢退回去，你竟還留着！老男人有錢，捨不得他的錢，當初就該嫁給他！」

羅紉蘭把手中的刀叉大力一摔：「你這人不可理喻！」

「他看你的眼神，父親不像父親，兄長不像兄長，我一見就惡心！一個猥瑣老男人！」

羅紉蘭渾身顫抖，淚簌簌滾落：「不許這樣侮辱他，他是我父親最看重的人！」

「是呀！你說過父親就是想把你許配給他！」

羅紉蘭憤怒地倏然站起，「是，我父親就是要我嫁給他！」

「那你怎不遵從父命？後悔了嗎？現在還不太遲，離婚好了！」話一出口，邵子雋被自己嚇住了。

羅紉蘭也一下子震驚了，驚得連眼淚都不再滾落。她呆呆地望着邵子雋，子雋也望着她，兩個人都不說一句話。

然後她走進臥房，脫下睡袍，戴上胸罩，穿上襯衣，拉好牛仔褲。她專心一意地穿着，彷彿就只剩下這件事是可以做的。做完了，便用橡皮圈把頭髮束起，拎起皮包。

轉過身來，才看見叉開手腳擋在臥室門口的邵子雋。

她扭過頭退回來，背着他在床沿邊坐下。

邵子雋用腳大力打地板，衝到她面前，搶了皮包摔牆角，扯去她束髮的橡皮圈，把襯衣拉脫，剝開胸罩丟地下，然後跪下來，緊緊抱着她，把頭深深埋在她的胸脯裏。

色豈是空　空亦是色

南國的冬天，最冷也不過像江北的初秋，但羅紉蘭和潘老的身體都有點走下坡，叫邵青霜憂心忡忡。

這天他在一家店裏，看到小山羊崽子嫩毛織成的家居衣褲，溫暖輕柔又舒適。便買一套暗紅色的給母親，一套深棕色的給潘老。星期天到醫院巡房後，親自送往潘家去。

潘老半躺在床上，有點懨懨地。青霜忙替他量血壓，聽心肺，大致還好。

「青霜，你坐下，陪我聊聊。」打開禮物，說：「老人何必用這麼名貴的衣物呢。」

青霜笑道：「衣物是用來保暖的，體弱最要保暖，無所謂名貴，更不分年紀。」

潘永翔看着他。他眉毛漆黑，把眼珠襯得晶燦燦地。

「青霜，我近來自覺體力日衰，心裏只放不下素素。你們年輕人的事，究竟怎樣了呢。」

突然說這樣的話，青霜意外，張嘴又合上，不懂回答。

潘老覺得好笑。「這滿屋子的人，有誰看不出你的心思？你天天磨着，春天磨到冬天，要磨到甚麼時候？」

青霜的臉都漲紅了。素安把扇子丟回給他已一個多月，這陣子時冷時熱的，他正為這事苦惱得不知如何是好。

「我、我豈敢妄想。」

「是嗎？那你別再天天來耗着，耽誤自己，又耽誤了素素。」

青霜不知該說甚麼。

潘永翔呵呵笑：「青霜你甚麼都好，就是這事上有點磨菇。一日難再晨，不樂復何如？何況你母親身體也不好。」想起羅紉蘭，不禁黯然。

青霜從潘老房間出來，一邊下樓梯一邊琢磨，一失神錯了個梯級，忙抓住扶欄，幸而沒摔着。走到書房，心仍在亂跳。

素安正專心在寫字。她把頭髮在腦頂束起，像條小馬尾，雪白的脖子顯得更柔長。身上一件小羊毛衣，暗紅色。他輕步走近，發覺她在寫《心經》，一筆小楷深濃雅重。素安看見他，便抬頭一笑：「快抄完了呢。」又低下頭去。

青霜望着她，忽覺一顆心脆弱如小小鵪鶉蛋的外殼，禁不得碰，受不得傷。為甚麼色即是空，空即是色？難道有情便是無情，有物如同無物？

他不同意。即使肉身消亡淨盡，一定還會感覺到彼此的氣息，在微風中，細雨中，在魂裏夢裏。

素安放下毛筆，見他眉目間如悲似喜，神魂若浮游於千山萬水間。不禁走近，輕聲問：「怎麼哪，你？」

青霜回神一笑：「行深般若波羅蜜多：修行到至深至極處，智慧便可發揮到無極限。是不是？」

素安微笑。

「時照見五蘊皆空，何以皆空？」

「先問：『時』字何解？」

青霜道：「時常嗎？間或有時嗎？當時嗎？總覺難傳真意。」

「我認為是剎那之時，靈光一閃，如閃電穿破烏雲，令人頓然開悟，所以照見。」

青霜拍着前額：「是，是。但何以空？為甚麼五蘊的認知皆不存在？」

「經由身體的觸覺年復一年積累下來的經驗，令我們以為已經認清了事物的形相。但我們其實都被蒙蔽了。變換着顏色的燈光，使舞台上的一切都幻出不同的色彩。但，它們真正的顏色是甚麼？當燈光熄滅，台上漆黑一片，原有的顏色全都變成黑色了嗎？不會吧。或者你以為它們仍保留在燈光下顯示出來的色彩？也不是。你不開心時，對平日最喜愛的玩樂全無興趣，偏愛的食物也味如嚼蠟。可見物與我兩者之間，受着無數外來的影響，媒體變了，心緒變了，便改變了認知。由經驗所得的印象，原來並非事物的真相。所以佛說：凡所有相，皆是虛妄。如此作解，如何？」

青霜笑道：「物理學上的問題，我們今日所知一定比古人清楚。佛教其實是要經由心靈的自省去探求人間萬物生長衰亡之理，領悟生而為人的責任和意義。所以單純地以為出家避世便是佛教信徒，真是太膚淺了。豈不聞地藏菩薩的誓言：『地獄未空，誓不成佛。眾生度盡，方證菩提』？」

素安搖頭道：「我不知道，我對一切宗教的知識都太膚淺。閱經抄經，只是希望從經籍中尋求智慧。」

青霜點頭：「連蘇軾那樣絕頂聰明的人，也喜歡與禪僧相交，在虛虛實實之中迸出智慧的火花來。何況我和你。」

「但知識越多，一切夢想都不再純潔了。李白蘇軾這些人，如果知道了月球真實的面貌，還能寫出那麼多讚美月亮的詩句麼？」

「東坡是絕對不會擲筆認輸的！沒有嫦娥，沒有瓊樓玉宇，他必定會從一個全新的角度去描寫月亮，這人有着彎彎曲曲的肚腸。但李白，李白對美醜只憑純粹的感覺，他不是『看』月亮，月亮是他的朋友，他的知己，他自己的心。對影成三人，飛上青天，躍入湖海，完全融入月亮的純美之中，九死而不悔。所以那個荒冷醜陋的月球，在他的心中應是永遠不會存在的。」

「把醜陋從思想中過濾得乾乾淨淨，當作沒有這回事，便算是完美了？」

「但李白何須刻意去過濾呢？對不喜歡的事物，他會很自然地忽略過去。無論月亮變成甚麼樣子，都影響不了他，不會成為心中的恚礙。」

素安搖頭：「你把一切想像得太簡單太完美了。難道李白沒有沉重的時候？也許他只是不願意向人展示憂傷，心底深處並不那麼坦然，我們都被他瀟灑的詩句蒙騙了。」

「但我仍願相信，」青霜柔聲道，「我仍會相信這世間上總有一些人，心似月光般澄明，不藏任何污垢。」

「也許吧。身為醫生，你解剖過人的心臟，打開了人的腦殼，清楚知道每一個細微的構造，但他的所思所想，卻依然是一個謎。看不透彼此的心，是人間最大的悲哀，但不讓別人看透自己的心，也是最可寶貴的吧。」

黃昏漸漸臨近，素安站在大玻璃窗前，因為背光，眉眼全都模糊。「你知道嗎，」她說：「我從小便害怕自己的影子。一個人的時候，在幽暗的地方，影子像個摔不丢的鬼魂，不休不饒地緊跟着我。可一旦沒了光，四周卻更黑暗得可怕。為甚麼有光源便一定要有影子？我也害怕自己的心，它總是那麼固執。許多事，我決心不再強求，或千方百計要去忘記，但如果『心』不願意，我便永遠掙脱不出它的羅網。你説，難道不是因為有了我，心和影子才得以依附存在麼？但為何我控制不了心，也控制不了影子？它們這樣就算是屬於我了？對我而言，又有甚麼意義呢。」

夕陽，在背後映照着她，像一輪華麗的聖光。

青霜張開嘴，又再閉上。有許多話想説，卻不知如何開口。呆了一陣子，才説道：「所以，你認為有美便醜，有好自然有壞，無法掙脱。而且人心幽秘，深不可控，全都不能相信、不可依賴？」

素安傷感：「為甚麼有這樣愚蠢的問題？以為我的回答能給你一點安慰嗎？」

青霜忽然逼到她面前，靜靜地看着她的眼睛，要把心中所思所想全都送進她的心裏。

「那麼，讓我來安慰你吧！」他終於一字一字地把胸膛中的話彈了出來：「我—不—會—的！我—不—是—那—樣—的！你相信嗎？」

素安也回望着他，雙眼卻漸漸盈滿了淚水：「我不知道。這是要你費盡一生去證明的。」她側身從他身邊閃出來，迅速離開了書房。

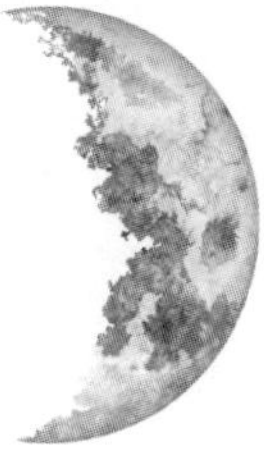

耗我一生至盡頭

林素安心中絞痛，不停地流淚，不知為何如此傷感。

一直被外公嚴管着，又自覺身在至高處，不屑於俯瞰眾生。現在竟要抬頭去仰望一個人，意外中原有許多欣喜。真的是他嗎？總得費盡一生去證明。但，耗去一生至盡頭，方可證明結果是好是壞，又有甚麼意義呢。

她懨懨地倚着枕頭，床邊窗戶透進來澄明的月光。這冷冰冰的月亮，其實只是一團乾硬的泥球，幸運地借了太陽的光，竟毫不羞愧地，一年又一年，向世人炫耀它虛假的明麗。

「你相信嗎？」

相信甚麼？愛，也許不是謊話。但那聲音，說出誓言的美麗的聲音，在空氣中可以留住多久？當聲音消失，也許再也找不到那個發出聲音的人。

她的父親，青霜的父親，許多親戚朋友，還有中學時的那位老師，滿滿都是醜陋的印記。

怎樣才能明白另一個人的心呢，那是條陰黑曲折的小徑，太陽和月亮都照不進去，尤其是，那顆心屬於男人。

素安只覺手足冰冷。快快抽身吧！所有美好都只是一時的幻覺。

但她的眼淚卻流了又流。為何痛不欲生，像被小刀子一下一下地剜割着心房。

邵青霜也似雙腳踏在雲層裏，空空的，站也站不穩妥。

已犯過一次錯，不能再錯，不要誤人誤己。

晚上往醫院再察看一次病人，出來時夜已沉沉。他叫司機下班，也不坐出租車，只徒步向半山走去。一個小時也好，漫長的一夜也罷，反正這條路是永遠走不到天盡頭的。天盡頭，究竟是綿連不絕的荒丘，還是萬紫千紅錦繡地。

風很清涼。

要費盡一生去證明嗎？

從前的愛情，給他的時間只有三個月，卻讓他的心枯死近十年之久。

而他，已不再是那個青蔥少年了。

但這次是完全不同的。這不只是美麗的皮相，不只是聰慧與華采，那是雪山上的溪流，清冽瑩澈。如果你還未確認，還沒有準備好，別去污染它，別在這純淨的水中洗滌你沾過塵土的雙腳。

因為太過珍惜，才不敢去褻瀆吧。

他低下頭深深嘆息。寂寞的小路上瀉滿銀光，腳畔只有他自己的影子。他忽然站住了：

月亮原來就在不遠處。是十五夜？這麼大的月亮，這麼明澄的月光。

青女素娥俱耐冷
月中霜裏鬥嬋娟

皎皎素月，映照着幽冷青霜。原來我們的名字都在詩句裏！原來我的名字擁抱着你的名字！他突然全身都放鬆了，像卸下了千斤重擔。真是愚昧！雪竇和尚的詩偈，難道已經忘記：

蓮花荷葉報君知
出水何如未出時
江南江北問王老
一狐疑了一狐疑

未出水的蓮花，已完全具備了蓮花應有的美麗，早早就想迎風綻放了，只在等待合適的時間。時機一到，即使烈日烤燒，風狂雨驟，它也要拚死把艷色全部傾瀉出來，任性地盡情地盛開一次。

所有疑慮都敵不過天然。

青霜停下步來，天上一點雲影也沒有呀。他對着月亮傻笑。既認定了你，則好的壞的，悲傷的快樂的，一切都會心甘情願去承受。我已細細想過了，將隨吾心而行，以漫長的一生去認識生命的真諦。這樣去理解「受想行識」，恐怕真要惹她嗤罵吧。

第二天他還是往潘家去，看一下潘老的病情，陪他聊聊天。素安沒有出現。他不問，老人也不提，彷彿從來不曾有過這個人，她從來沒在這屋子裏出現過。

過了兩天，還是沒有露面。

青霜有點發冷，真的不想再見到我了？他無精打采地離開，穿進花園往車子走去，忽然看見柳蔭下的搖椅上，悠悠飄漾着一片裙裾。

他停住了腳步，遠遠地望着她，她也望着他。靜靜地，便有千年之久。

他終於走到她面前。「我得趕回診所，」他低聲道，「送我一程，可以嗎？」

她緩緩站起來。

司機把車子駛近，兩人坐上去。他轉過頭來看着她，一直看着。然後伸過手去，緊緊地把她的手握在掌心裏。

他的手掌原來那麼闊大，那麼溫暖。像飛機安全降落，像小舟終於泊了岸，素安先是低着頭，忽然又抬起來，眼睛濛濛的一層淚水，卻靜靜地對着他微笑。

晚上回到潘家，素安正在書房裏磨墨，濃濃的一硯池。看見青霜進來，側頭一笑。世界上所有的花朵，一霎間全都對着青霜盛開了。

他走到她面前，輕聲埋怨：「不是說等我來磨嗎？累不累？讓我來吧。」

「磨了半天了，都磨好了。」素安把墨放下，「你這時才來搶功勞嗎。」

青霜看看四下無人，挽起她的手，見指尖上幾點墨痕，便從水盂裏沾了水，替她輕輕拭擦。

「你午間說要來寫字，寫甚麼？想好沒有？」

「你說呢？要我寫甚麼？」

素安想說：只要是你寫的，便好。終覺難於啟齒，便轉身要從架子上取書，卻見玲姐正拿着托盤走來。

「剛做好的咖啡和小點心，邵醫生和小姐請試試。老爺說他要去休息了。」把東西排好在小桌子上，出去時順手把門帶上。

青霜輕笑：「這屋子裏的人都是鬼靈精！」

素安卻沒注意，只說：「青霜你聽：人間自是有情癡，此恨不關風與月。」

歐陽修的詞，他當然記得。但她唸起來，妮媚多情，纏綿悽惋，又別是一番風月。邵青霜心醉，忍不住向她湊近一些：「我把它改兩個字送給你吧：人間自是有『茶』癡，此『樂』不關風與月！」

被他溫熱的氣息呵着，素安有點窘迫，向後縮一下身子，雙頰泛出淡淡的胭脂色。

青霜低笑：「中國的美人畫有三白：白前額、白鼻子、白下巴，雙頰卻是紅的。原來真有這回事。」

素安嗔道：「要說甚麼嘛，你！」

「說的就是這個嘛！」忽然把手輕輕撫上她的臉頰。

素安一下子昏眩，身子似要向後倒去。青霜忙一把扶住。

靠得那麼近，她半閉着眼，溫婉清媚。他忍不住把她拉近身前，見她軟軟的也不避開，稍一猶疑，便大着膽子在她的雙唇上吻去。

那不是甜，不是香，不是糯膩，是所有的美好都糅合在一起。半天，他才歎息一聲，把她輕擁入懷，臉深埋在她的髮絲內。從今以後都不會放開她，他要把她的氣息全吸進心裏肺裏。

素安倚着他的胸膛，他的心跳聲一咚一咚從耳朵彈進她的心底。他身上的溫熱混着微微汗氣，一向有潔癖的她忽然深深沉醉。

也不知過了多久，她抬起頭來，看着他，嚶嚶地說了一句話。

「甚麼？」

「青霜。」

「唔？」

「青霜，青霜。」

青霜用前額頂着她的前額，笑：「為何一直叫我？」

「青霜。」只是叫着，便覺得歡喜。

青霜抱緊她。

「磨好的墨都要乾了呢。」

「可我捨不得放開。」

素安笑着輕推他。

「好吧，好吧！但你得黏着我！」挽着她走近大書桌，昵聲説道：「替我把紙撫平些可好。」

素安伸手把宣紙掃平，壓上紙鎮。

他挑了枝兼毫大號，轉頭看她：「你再讓我親親，我膽子大些，便會寫得好。」

一邊笑鬧，也不放開她，只用右手執筆濡墨，一揮寫下了「樂茶風月」四個大字，想一想，附一行小字：「星暗月明，夜涼如水，平生清福莫過於此」。附上名字，加了年月日。擲了筆，自己端詳着。

他從小就練字，長大後卻極少執筆，幸好功底還在。

素安稱讚他：「很有點黃山谷的味道啊。」

「是嗎是嗎？那你得多多獎勵我。」

何不親自攀登　流覽那邊風景

大約過了個多月，素安去花店挑了幾團大大的繡球花，深紫，淺藍，加幾朵半開的粉色玫瑰，叫店員配成花束。青霜要帶她去見母親。

青霜少年時跟母親一起去黃山，夜半登上光明頂，在刮面的冷風中挨到凌晨，終於看見從雲霧的縫隙中，透出淡淡的光的影子。青霜跳躍拍手：「來了！太陽出來了！」

天際很快被染成一片紫紅，風很大，雲飛得很快，潮濕的空氣卻暖和起來了。人群大聲歡叫，忙着拍照。初時只不過是一點點霞光，金燦燦地。很快便從雲的邊沿直射出無數光芒，有一個大火球開始升起。它來得那麼急促，抓不得，留不住，只一瞬間，熾烈的陽光便煎灼着人的雙眼，滿天的霞彩迅速消失得無影無蹤，霎時剩下炯炯太陽，照出一片光明大地。

原來黑暗與光明的交替不過短短的幾分鐘。

「一下子便完了！」青霜覺得無趣。

母親說：「但真的好看啊！你巴望着，巴望着，等了好久好久。這不是終於等到了嗎！以後說到日出，你一定會想起這幾分鐘的壯闊美麗。」

「還沒看夠啊！」為何不可以長久一些。

「去年帶你去桂林，坐遊輪一個多小時，你又說悶，來來去去只是一個樣子的山水。」

當然是天長地久，又能不斷都有驚喜，才算真正的完滿。

誰不想得到，誰又得着了。她撫摸着兒子圓圓的大頭。

青霜轉頭看見遠處有一座山峰，剛穿透雲海露出峰頂。「那是蓮花峰，黃山最高的山峰。」母親告訴他。

「從這兒有路通過去嗎？」青霜躍躍欲試。

「沒有，兩座遙遙相隔的尖峰之間，沒有通連的捷徑。便是兀鷹罷，也得飛許久許久。」母親看着他：「辛辛苦苦爬上去，也不過拍個照，到此一遊。你為甚麼要上去？」

「看風景啊。」

「這裏的風景不夠好嗎？也許從那山峰上望下來，還不如這邊漂亮呢？」

「媽媽，不去看，怎知道好不好。」

母親微笑：「那我們先下去吧。」

「要能從這兒直接去，那該多好。」

「沒有翅膀的你，只好一步一步地走。」母親拉着他的手，小心翼翼地下山。「你要攀上那座山，就必需先走下這座山。那邊更高也更陡，或許有索道車子會載我們一程，但還得要自己辛苦，才可登上峰頂。」

那邊的風景如何，總要親自攀登上去才會知道。

要去拜見這樣一位長輩，素安有點膽怯。

「珍珠色裙子會不會太素？」剛問了一次，不放心，又問第二次。

「珍珠色最配你了。」

「我今天忘記戴耳環。」

「有這小鑽墜子項鏈便足夠。」

「我……」

青霜笑着吻她的嘴唇：「我把唇膏吃了，現在你天姿國色，不施脂粉。」把她推進屋子。

羅紉蘭半躺在長椅上。身體本已好了一陣子，近來竟又有點浮腫。李節坐在旁邊正替她捏小腿，見他們進來，便站起來含笑招呼，低着頭舉步離開。

羅紉蘭要直起身子，青霜趕緊放開素安的手，走到她面前。

「媽媽別動！你躺着就好。」示意素安走近。

素安忙趨前，像青霜那樣在她座前半蹲下來，把花束獻上：「伯母你好！」

羅紉蘭接過鮮花：「林小姐吧？這花好漂亮，謝謝你啦！青霜一直提起你。」看着兒子笑：「青霜，你得到寶了！」

「素素的外公也說這樣的話呀！」青霜一臉得瑟：「他說素素撿到了寶。」

羅紉蘭笑着橫他一眼，轉頭向着素安：「潘老身體好罷？」

「謝謝伯母，外公還好，一直說要約伯母你見面的。」

羅紉蘭叫青霜去吩咐茶點：「看蓮子湯圓茶做好了沒有？」

「蓮子湯圓茶？誰愛那個？」

「林小姐第一次來，就得吃這個。」

青霜望着素安：「你愛吃？」

對這種習俗，林素安並不像青霜那樣無知。尷尬地笑：「是呀，愛吃。」

羅紉蘭覺得滿意。「叫歡姐把下午茶也拿進來吧。」

青霜作出不高興的樣子：「媽媽你是故意趕走我！背後可不許說我壞話。」

「我兒子怎會有壞事！沒壞話！」

青霜笑嘻嘻地替母親把花擺好，又給素安拉張椅子，才走了出去。

「林小姐！」

林素忙道：「伯母叫我名字好了！」

羅紉蘭拉着她的手，看到她指上的小鑽戒指，便輕輕地撫摸着：「素素，我身子不好，照顧青霜得靠你多費心。」

「伯母你別説這樣的話，青霜最親你。」

「我想多陪你們，想抱軟綿綿的小孫子。」羅紉蘭輕輕嘆氣：「童話裏王子和公主結了婚，故事就完了，其實故事才剛開始呢。可幸青霜心最好，對人最真，你不用擔心。」

素安含笑聆聽。

「但造物主總要千方百計去考驗人，誰都不知道明天會發生甚麼。你得相信他，也得相信自己。」她忽然失笑：「潘老是最了不起的人，你受他調教，這些都是老生常談吧。」

「伯母放心，你的話我都記着。」

靠得這麼近，羅紉蘭細細打量着她。

與一般明眸皓齒的美女不同，素安的眼波悠長，像雲中霧中的兩池春水，顧盼間柔波微漾，如羞似笑，彷彿心中滿滿都是蜜意柔情，欲言又止。那種天然旖旎，原無心去媚惑人，是看的人自己不小心，一下子跌落進春波裏了。

她暗舒一口氣，笑道：「都說你是本小百科全書，又這般美貌，我們青霜高攀了。」

素安不好意思：「伯母把話反過來說，是我委屈他了，外公說青霜最好。」

其實潘老的話是：「素素，我一直慣着你，現在有點後悔了。青霜這麼好的年輕人，你千萬別讓他受委屈。」

這話她可不敢對青霜的母親說。

邵青霜已經走進來：「誰說我好來着？」

羅紉蘭笑道：「不說你壞話就該謝天謝地了。」

青霜拉着素素：「我明明聽見你說青霜最好，是不是？是不是？你可得當面對我再說一遍。」

母親看着他們，只是微笑。

每一對相愛的人，誰沒有過互相調笑的日子。一起打拚，把苦日子捱過，人就變了。

林兆榮知道女兒要嫁給邵家兒子，卻很不高興。老邵名聲太壞，他的兒子會是甚麼好貨色？寶貝女兒恐怕要吃苦。他的老岳翁便諷刺他：「許些人名聲沒那麼壞，老妻也，樣苦！」林兆榮連忙噤聲。

他約素安帶青霜往會所吃飯。看到這年輕人一表人才，笑着問女兒：「這小白臉有甚麼過人之處，討得公主歡心？」

素安不悅：「不許這麼叫他！」

「真真女生外向，頂撞我了。好吧，他怎樣把你騙到手？」

「爹爹你越來越沒文化。」

「我沒文化？沒文化怎生得出有文化的女兒？告訴我，他有甚麼好？」

素安看了青霜一眼，低下頭只是笑。青霜笑道：「世伯，我甚麼好處都沒有，只是聽話。」

林兆榮哈哈大笑：「那還不如養條哈巴狗。你呢，你又看上我女兒哪一點？」

「我沒有的好處，她全有，大約得自遺傳。」

林兆榮樂不可支：「馬屁拍得滴水不漏！來，我們喝，添酒！添酒！」

素安見這兩人順着對方拋來的話題胡謅，似多年好友，只覺好笑。過一陣，起身往洗手間去了。

林兆榮千杯不醉，青霜只得奉陪，一邊喝，一邊東拉西扯。青霜道：「外間都說世伯是股壇殺手，打遍全城無敵手。」

「傳言不可信！不可信！股票呢，跟女人一樣，你得把她看個通通透透，卻不可被她牽着鼻子走，更不能天荒地老談戀愛，該捨時便得捨，否則必死無疑。」林兆榮呵呵笑：「但你對我女兒卻必須例外，長線股。不然我饒不了你。」

青霜笑道：「我不買股票，所有女人都是街外股，與我無關，世伯大可放心。」

「話可不能太滿，」林兆榮說得興起：「看見美女不動心的，好算男人？素素說你詩詞歌賦，文韜武略，十八般武藝皆能，可有其事？」

青霜嘻笑，舉杯與他一碰：「上帝也不能，我只是用來騙你女兒的。」

林兆榮大樂：「我這傻女兒最好騙了，只有她外公以為她最聰明！」舉起酒瓶一看，叫道：「還剩這麼多！快喝快喝！」

「世伯，我可夠了，這是第二瓶了。」

「三瓶也不夠！你酒量太馬虎！以後得多陪我吃飯，鍛煉鍛煉！你說所有女人都是街外股，其實呢，男人婚前都愛說這些傻話。這世上興許有一輩子都沒碰過女人的男人，但你可相信哪個男人，由始至終只有一個女人？」

青霜的心跳了一下，立刻噤聲。是，即使他自詡克守，生命中已注定不只一個女人。

有人敲了兩下房門，探進頭來：「林先生！」

林兆榮歡叫道：「這麼巧！進來進來！」

青霜忙起身招呼，林兆榮擺手道：「青霜你別理他，這人眼睛只看得見美女，鼻子只追蹤好酒。我的酒是斷斷不讓他喝的。」

那人笑，自己拉椅子坐下。「林先生怎會這麼小氣！我和朋友在隔兩個房間吃完飯，剛想走，小蘇說你在，就過來了。」一邊接過青霜遞來的酒杯，連聲多謝：「這位是？」

林兆榮笑道：「我的乘龍快婿。青霜，這人叫吳少邁，出了名的重色輕友，你千萬離得他遠遠地。」

吳少邁呷着酒，雙眼打量着邵青霜：「早就聽說邵老大的兒子千中選一，真是久仰了！」

消息傳得這麼快，青霜有點驚奇。

吳少邁笑道：「邵老大見人就說林家女兒要作他家兒媳婦，這上下恐怕全城都知道了。」

青霜不語。他可不要黏着父親出這樣的風頭。

素安回來，發覺房裏多了一個人。

吳少邁望着她，緩緩從椅子上站起來。

「林小姐吧？」他說：「多年不見。」

素安淡淡一笑，算是打了招呼，側身在青霜旁邊坐下來，卻忍不住又窺他一眼：多年不見？

這人約莫比青霜大五六歲，一身輕便舒適的衣褲，眼邊嘴角帶點淺淺的笑意，是那種一旦在湖面上照見自己的影子，便會立時變成水仙花的男人。

吳少邁迅速捉到了她的目光，嘴角又翹高了一些，水仙花在風中搖曳的樣子。素安轉開臉，在桌子下向青霜伸過手去，青霜便悄悄握着。

吳少邁道：「林小姐不記得了？前年慈善籌款，林小姐買了一張日本畫家的油畫，那晚我是司儀。」

那美貌的女郎，似從雲端飛下的白鶴，出高價買下全場最貴的作品就飄然遠去，惹他思念良久。後來打探到是林兆榮的千金，抽了一口冷氣。林兆榮還好，但人人敬畏的潘永翔卻是她的外祖，且把她寶貝般捧在手心上。吳少邁不敢再多想。

素安小聲道：「不好意思，當時沒怎麼注意。」轉頭看着父親：「就是送給你生日的那幅油畫。」

林兆榮笑道：「這女兒最知我心意，送個裸女，掛飯廳牆壁上，吃飯胃口都特別好。」

素安不高興：「真不該送你這個，早知你沒文化。」

青霜覺得好笑：「誰？誰繪的裸女？」

「藤田嗣治。」

青霜點頭。也算是他喜歡的畫家，在巴黎頗有點名氣。

「畫個白色皮膚的女人，抱隻花貓。」林兆榮說，「我找他的資料一看，是個浪子兼傻子！他說：女人和貓是同樣的生物，到了晚上就眼睛放光。雖然看上去可愛且懂事，但只要稍不留意，就忘記所有的恩義，輕易地背叛主人。哈哈，真是一語中的！」

吳少邁笑，青霜也笑着替他們添酒。

素安哼道：「他在胡説！女子怎會輕易背叛。男子因為慾望、名利、面子，隨時會得背叛。女子背叛卻只有一個原因，那是有人令她們失望了。」

「婦人之見！不喜歡慾望、名利和面子的，怎配是男人？」林兆榮用手指向青霜一下一下地點着：「素素雖是我女兒，我也得告訴你：成功的男人，要懂得怎樣去控制女人。」

「爹爹！你別這樣教壞他！」

「男人哪用教？我們是天生的壞。」林兆榮喝着酒，嘻笑：「好女兒，你挑的小子很對我胃口，他過關了。」

他把半山的一幢小別墅送給女兒作新婚居所。

羅紉蘭知道後，卻有點擔心。「我山頂那幢別墅一早就是預備給你結婚用的，何必仕素素的房子？你不怕旁人閒話？」

青霜不以為然：「喲，甚麼人敢閒話？誰個多嘴的人會不知道我娘親是誰？而且你那別墅剛租了出去，約滿還要等一年多，收回來又要裝修一兩年。」

羅紉蘭笑了：「素素也不介意？」

「她才不會介意，她説房子加我名字，我不要。我所有的東西也都是她的，加加減減白折騰！」

羅紉蘭欲言又止。青霜笑道：「媽媽，如果你擔心，東西不要留給我。」

愛到如斯地步，甚麼都可以不要，完全沒有條件。她不再説掃興的話了。

藤田嗣治

（一八八六—一九六八）

《粉紅衣裳的女孩》

藤田嗣治，日本畫家。畢業於東京藝術大學，隨即移居巴黎，迅速獲得藝術界的認可。三十歲舉辦了首次個展，一百多幅作品首日即全數售出，買家包括畢加索。他把東西方藝術元素融會貫通，以毛筆把水墨線條與西方油彩結合在畫布上。他繪的裸女皮膚奶白，如珠光般柔潤閃爍，令觀者嘖嘖稱奇。

一九三零年代後期，藤田回到日本，二戰期間被徵召為日本皇軍的軍事畫家，因而飽受爭議，被批評是政治宣傳的棋子。戰爭結束後返回法國，歸化為法國公民。其後獲法國政府授予榮譽軍團勳章，是第一位獲此殊榮的亞洲藝術家。

嗣治
T. Foujita

我們的夢　沒有交集

羅紉蘭給他添了一杯紅酒，自己也捧了一杯，踱出露台。

晚霞已經褪盡，一天又要過去。這是沒有嘔吐、沒有昏眩、沒有疼痛的一天。

平平安安的一天。

也許明天會有太陽，也許沒有。也許明天的太陽又溫暖又明艷，也許她看不見了。

李節踱到她身旁，兩人都慢慢地啜着杯中的酒。

花園裏幾株白蘭樹都開花了，滿園子清芬甜美的香氣。天邊慢慢露出清秀的月亮，掛在雲邊的一個小金鉤兒。羅紉蘭倚着石欄，側臉幽幽地看不分明。

李節放下酒杯，伸手把她的杯子也拿過，放在石欄上。

「我忽然想跳舞，你一定是個好舞伴。」

羅紉蘭回過頭來：「我都快五六年沒參加舞會了。」

李節掏出手機，找到音樂。

「來！」他在石欄上放下手機：「我們溫習一下。不會太累，我不會讓你辛苦。」伸出左手摟扶着她的腰。

羅紉蘭緊張得僵直。昔日柔軟靈活、宛轉自如的腰身，此刻恐怕已不能旋出美妙的舞步。李節卻只是對她微笑，指尖在她腰間稍一用力，已輕盈地帶她轉了一個小圈。

「真好！」他讚歎，配合着她的腳步，在露台的大理石板上滑行。羅紉蘭寶藍色的裙裾在夜風中晃漾起來，像半殘的花朵再次盛開，像破繭的蝴蝶搧動着剛長出來的翅膀。露台並不寬闊，但很長，他擁着她舞到露台的盡頭，又旋轉着回到另一端去，一次又一次。她覺得身子被彩雲托着，悠悠飄盪在無垠的宇宙中，沒有一點兒重量。

然後他聽到羅紉蘭微微的喘息。「累了吧？」他說。伸手關了音樂，把她的頭輕按到自己的肩膊上歇着，領她搖擺出慢步的拍子。白蘭花的馥郁透進羅紉蘭的每一絲神經，有點恍惚，有點迷糊。她覺得自己像是一片荷花瓣，剛從荷蕊上跌落下來，浮在湖面上，順着微波，映着月光。

半天，李節俯下頭：「怎樣？沒事吧？」

她想避開，卻沒有動，目光有點迷濛。夜空上許多星星啊，她說。

「是嗎？」李節微笑：「我只看見星星在你眼睛裏。」

羅紉蘭微微一怔，只覺喉間哽咽。那般甜言蜜語，真也好假也好，叫她心神搖盪。身子本來不算健朗，又操心勞神地拚搏，小產兩次，到三十多歲才懷上了青霜。這大塊頭的兒子出生時很令她受苦，邵子雋對她也越來越疏遠了。她像孤山上一株挺立着的香樟樹，鮮亮而高傲地活在陽光中、月色中、風中或雪雨中，絕不讓外人有機會説她半點閒話。

但在死亡的邊沿繞了一圈，回到這個依舊悽清的世界，她才忽然發覺自己也只是個弱質女流，白白把美好的時光都耗盡了。她的渴求其實也很卑微：一點溫柔，輕輕的吻，可以躺在強壯的臂彎裏，呼吸着他身上的氣味，讓溫熱從皮膚中透過來，暖進她冰凍了的心房。

李節用雙手承載了她全身的重量。

她不知道他要帶她往何處，天涯也罷，海角也罷。

從心的極深處，她吐出長長的歎息：我又看見你了！你還是捨不得我，終於回來了吧！

像溺水的人突然抓到了浮木，她用盡生命中所有的力氣緊緊地擁抱它，任由它帶着她在波濤中起伏浮沉。一點兒苦吧，一點兒畏縮吧，也有許多歡喜嗎？她説不出來。

沐漣背上書包，母親拖着他的手。「書包裏有個雞蛋，你八歲了，生日吃個雞蛋，快高長大！」揉一下他的頭髮，把他送進學校的大門。

沐漣走進操場，又回頭再看母親。她站在大門外，淡淡晨光照着她纖瘦的雙肩，美麗的臉。她對他微笑，作出催他快走的手勢，沐漣卻捨不得。她便笑着轉過身，又扭過頭來再舉手向他搖兩搖，才急步離開。沐漣看見她在轉角處猶豫了一下，終於迅速離去。風，吹着她深赭色的衣袂。

冬天，下過微雨，又冷又陰沉。沐漣走進校舍，上了二樓，卻找不到自己的班房，他繞了一圈又一圈，整整一層二樓，卻一扇門也沒有！怎會這樣？為甚麼這樣安靜！沐漣突然害怕起來：他的同學呢？他的老師呢？看不見一個人，這兒不是他的學校，媽媽，你送錯地方了！

他轉身往回跑，鑽來鑽去，卻連剛才爬上來的樓梯也找不到了。沐漣嚇破了膽，高一腳低一腳地發足狂奔，滿身滿臉的汗。終於看見一個門隙，忙一頭鑽了進去。

小小的房間裏有微弱的燈光。一個女子站在那兒，背着他，幽幽地。聽見惶急的腳步聲，便轉過身來，見是他，輕柔地笑了：「漣仔，小猴兒！怎麼一臉的汗？」

沐漣一下子撲到她身上，不住發抖，哭叫着：「安姊！安姊！」

「怎麼啦？」素安輕撫他的頭髮：「大個子了，這樣哭，不難為情麼？」

沐漣直起身來，他忽然發覺自己竟然比安姊高許多，甚麼時候長得這麼高大，這麼強壯了？

已經是個大男人了，他來不及保護母親，但一定得保護安姊。

他抓緊她的手。無論這是甚麼地方，他都要想辦法，帶她安全地離開。

房間突然移動起來。原來這不是房間，是一座電梯，已經自動關了門，正緩緩向上升去。

沐漣急忙尋找電梯的按鈕，卻連電板也找不到。只有門楣頂端一小塊屏幕，把樓層的數目一個接一個地顯示出來：6、16、26、36……46……96……

沐漣的汗珠大滴大滴落下。怎樣才能叫它停下來？它要把他們帶往何處？素安卻靜靜地把圍着頸項的絲巾取下，替他擦汗，臉上的汗，脖子上的汗。電梯裏越來越熱，叫沐漣透不過氣。空間為甚麼越來越狹窄了？他吃驚地看着電梯的四壁，它們正迅速地向內收縮，壓過來，壓過來，快要把他們迫成一團。沐漣用力抗拒着鋼壁：不要這樣！不要這樣！但電梯四壁仍在不斷內移，兩人之間已漸漸沒了空隙。

安姊，安姊，便是粉身碎骨也要把她救出去！他用整個身子緊緊地保護着她，拚盡力氣撞向牆壁。一次又一次，這鐵壁銅牆，這高天厚地，竟絲毫不見搖動！他碰撞得混身發燙，汗水濕透了衣衫，漸漸的發了狂：誰要困住我？為甚麼困住我？他的肩膊越來越重，素安已軟軟地歪着，快要失去知覺。沐漣急痛攻心，忍不住仰起頭高聲嘶嘯。突然，不知如何，他的身子像被吹氣似的一寸一寸向上生長，頭都快碰到了天板。他一伸手摸到樓層的顯示屏，電流倏地沿着手掌流進來，一陣陣熱氣在全身游走。他狂喜地擁着素安：安姊你別害怕，沒有東西能困住我們了！我一定能把這牢籠搗破！他瘋狂地亂衝亂撞，不敢停下來，漸漸忘記了身在何方。突然之間，全身的血脈一下子爆裂開來，像炮竹，像煙花，撒得滿天滿地都是繽紛的色彩。

一大片流星雨灼燙了他，他從雲端直摔下來，幾乎斷了氣。

到他終於願意從床上爬起來，天已經透亮了。

他傻傻地擁着被子，坐了很久。終於站起來，把被褥床單全都扯下，黏在身上的衣褲也脫了，略一猶疑，然後迅速把髒衣物全丟進洗衣機裏。

他赤身走進浴室，把水溫調至極高極熱，仔細地一寸一寸擦洗着自己的身子。好半天才關了水蓬頭，蒸氣濛濛的鏡子裏，隱約一身被燙得紅透了的皮膚。他用手把鏡子擦亮些，但一下子又被熱氣濛糊了。他取過毛巾拭抹全身，拭抹得很慢很慢，漸漸分不清要擦乾的，是鏡中還是鏡子外面的身體。最後停下來，盯着鏡子好一會兒，忽然整個人撲到鏡面上，一陣清涼。

他沖咖啡，煎了兩隻雞蛋，烤了麵包。吃着吃着，雙眼慢慢潮潤了。有一種距離，是永遠無法跨越的，有一些奢想，是永遠無法實現的。如果那顯赫威武的黔寧王真是他的先祖，也不過是早就被埋葬了的歷史，跟他完全沒有關係了。

他清理一下房間，換上潔淨的床單被套，在電鍋裏放了米和清水，加一隻雞腿。父親是一幢工廠大廈夜班的看門人，早上八點鐘以前會回到家，這鍋雞粥也該熬好了。

他揹起書包出了門。

此身不由自主　世間多少唾面自乾

素安把青霜拉到窗前：「看到嗎？自安表姊的房子，斜坡下那幢奶白色的。不，往左一點，三層高那棟，半圓的拱門和窗沿都有金銀兩色鑲邊，屋前弧形大理石階梯。」

青霜笑道：「半鹹不淡的巴洛克式。」

「新理集團就愛這風格，結婚時凱哥的父母送給他們的。自安表姊說又可笑又討厭。」

「他們回來了？」

「前晚才到，今晚來吃飯。」

「聽說表姊夫不管家族的事，在拍賣行裏工作。是哪一部門的專家？」

「收數專家，財政部。」素安笑，「表姊最灑脫，當旅遊雜誌的特約記者，自己貼錢四處旅行拍照片，找美食。說是『潘自安，字不營』。」

青霜笑道：「真好！『孰是都不營，而以求自安』。」

「可不是？外公從小教她唸詩，她就只記這兩句。」

「誰在説自安的壞話？」

素安忙回身迎上去，朱仲凱張開雙臂擁抱：「小素素！」

素安推開他：「甚麼小素素！凱哥就愛吃我豆腐！」

青霜也趨前問好。仲凱三十三四的樣子，秀氣溫文，細細打量青霜：「素素，你大海撈針，竟撈到一把玄鐵寶劍。」

青霜忍不住笑出聲來：「表姊夫武俠小説看多了。」

仲凱笑道：「悶在國外，不看金庸怎過日子！留學生初相識，大都冷場，一説到郭靖黃蓉、楊過小龍女，立時熱鬧起來，全變成多年老友。我們的青春都奉獻給金庸，在外頭十年廿載還沒忘記中文，金庸的功勞最大。」看見飯桌旁的小几上一排許多瓶酒，有三四瓶早開了蓋在那兒透着，笑道：「怎麼？今晚全要大醉嗎？」

素安道：「公公再三叮囑了：凱哥來，酒少了要挨罵。」

仲凱委屈：「爺爺就是偏心，説起我總沒好話。」

「疼你，才會給你預備這許多好酒，我們平日都不喝。」

「那是因為你不愛喝，只一天到晚盯着那些好茶。你看茶室架子上的宋聘、群記，各種老普洱，都比從前少得多了。」

門外忽然有一把女聲高叫：「出個人來幫忙。」

素安道：「是表姐來了。」

仲凱正在倒酒，青霜道：「我去。」

仲凱說：「別理她！就是急性子，等一下讓司機拿進來不可以嗎！」

青霜笑着走出花園，見一個人捧着大包小包，臉和身子都遮去大半。忙上前要接，女子道：「就拿上頭的兩盒，別丟地下！」

青霜把盒子挪過來，才看見一張濃眉大眼的臉，金棕色，笑得像小孩手繪的 happy face 。那女子也打量着他，兩條秀眉高高挑起：「你一定就是那個青霜。」

青霜笑：「是呀，我就是那個青霜。你一定是自安表姊了。」

「倒會認親戚！表姊也是你叫的嗎！」

「素安叫得，我便叫得。」

「臉皮夠厚的！你是素安的甚麼人？」

「我就是素安的人，不是甚麼人。有小流氓敢欺負素安，我就把他按地上一頓好打。」

自安哈哈大笑：「你連這個都知道！」

青霜也笑：「這般俠女行徑，你表妹早宣揚過了。謝謝表姊把素安保護得無傷無損。」

自安比素安大幾年，當年曾把一個小調皮摔倒在地，兩個膝蓋死命跪在他身上，雙拳雨點般亂打：「你敢欺負人！我叫你欺負人！」

素安卻嚇得抽抽咽咽地哭：「表姊！表姊！」

自安想起當時的情景，樂不可支：「這是我生平第一次打男人！真痛快！」迅間板起臉來：「邵青霜你給我好好記着，為了素安，我是斷不手軟的！」

青霜表情驚懼：「小子絕不敢違背表姊的命令！」

兩個人高聲嘻笑。

素安和仲凱在偏廳裏弄紅酒，話都聽得清楚。仲凱笑道：「這小子竟敢挑逗我老婆！素安你得小心，這是個紅妝殺手！」

「他只是貧嘴，沒這個膽子。」

「他沒膽子，女人有膽子。有貝的財，無貝的才，他全都有。」

素安把酒杯放下：「我不跟你說了。」轉身要往樓上去。

仲凱忙叫道：「素安，別走！我只是給你提個醒。」見青霜和自安向這邊走來，便住了嘴。

自安已經亂叫：「素素，青霜說怕打，一輩子都會乖乖聽話。」

青霜低着頭笑，把盒子交給趕過來幫忙的女傭，走去摟着素安的肩膊。仲凱站得近，發覺他比自己還要高些，也許剛在園子裏被太陽薰過，身上竟隱約散出一種奇異的溫香。仲凱吸氣，轉身把一杯酒遞給自安。

青霜也拿起一杯，聞一下，送到素安唇邊：「好香！」給素安喝一口，自己也吮一口，連連讚歎，半側着頭又再讓素安。自安叫道：「杯子有的是，你們不必曬恩愛。」

仲凱埋怨：「自安你口沒遮攔。」

「我只是坦率，青霜不知多愛聽！」

「我沒教養，表姊夫卻是英式紳士，表姊你得作個夫人的樣子。」

自安笑：「阿凱就是喜歡我這般自然率性。是不是？是不是？」把臉湊到丈夫面前，仲凱在她頰上輕拍了一下，笑。

護理員把坐在輪椅上的潘老爺子推出來，自安忙跑上去摟他脖子：「爺爺！」

仲凱也趨前：「爺爺你今天精神很好！」

青霜把潘老推到飯桌前，自安迅即霸佔潘老旁邊的位子：「我難得回來，我陪爺爺。」

青霜讓素安坐在潘老另一旁，素安道：「你坐，你最懂照顧外公了。」

青霜便不推辭。他先去把空調的溫度調高一些，怕冷風吹着老人家。再給他小半杯紅酒：「今晚高興，喝一點點。」

仲凱的位子正對着青霜，見他整晚都在忙：鮑魚切小薄片，只取嫩裙邊，挑兩片雞肉，去了皮，也切得小小的，魚去刺，一樣一樣給潘老添上。轉頭又為眾人加酒，給素安添菜，低聲在她耳邊説話，一雙眼似笑非笑，都快要泛出水波來了。

潘永祥對着這兩對璧人，高興得頻頻舉杯。青霜卻勸着：「公公你慢點喝，喝急了要頭眩。」

自安也道：「大哥説素安婚禮前一定趕回來，到時再喝個痛快。」

潘老笑：「甚麼時候開始，我被你們一群小的管住了？」但還是放下杯子。「仲凱，這兩年的拍賣好火啊。」

仲凱搖頭道：「累，累死人！外面看着好，其實箇中情景不堪提。」

素安奇怪：「不是拍賣行越開越多，展覽場越做越大，成交額不斷破紀錄麼？」

「就是因為拍賣行多，才累。好東西大家都搶，套交情、免佣金，甚麼方法全用盡了。

用度越大，毛利越少。還得每天打電話催買家付錢。」笑着搖頭：「真是狗一般的日子。」

「怎會呢？我許多朋友都喜歡去拍賣行工作，不知多寫意。」

「當然了，穿戴漂亮，在展覽會上言笑晏晏，是不是？那些大都是沒有壓力的小職員，但拍賣行又確實是令人進步的好地方。只是現在的情形，跟爺爺活躍着舉手時很不同了。不但換了幾代人，經營方法也不一樣。」

潘老道：「一般也是求賣家、找買家，能變出甚麼花樣？」

仲凱笑道：「爺爺，從前是你請拍賣公司的人吃飯呢，還是拍賣公司請你吃飯？」

「都有呀，但一般是我請的次數多些。他們回去得報賬，能吃出甚麼來？」

「爺爺你不知道，現在每到過年過節，拍賣行把紅酒、生果籃子、各式糕餅，都向大客戶家裏送，平時吃飯拉關係就別說了。」

潘老道：「這倒是，我近幾年雖然活動得少了，收禮物倒還不缺。」

「是吧？到拍賣那幾天，招待客人吃吃喝喝，外地來的大客戶酒店住宿全包，就是要他們覺得不好意思，總得舉手買一兩件。」

青霜說：「主意不錯嘛，拍賣行不會吃虧，貨物成交，賣家也高興。」

「你懂甚麼！多少人利用拍賣行賺錢，假拍、托價都常有，公佈出來的成交價，都不知注了多少水份。」

自安忙道：「仲凱你喝多了，這種話在外頭可不能亂說。」

仲凱嗤笑：「你以為只我一個人知道？但外國拍賣行的規矩確實嚴格得多，別又說我崇洋。」

潘老嘆道：「林子大了，蛇蟲鼠蟻都有，管也管不了。」

「所以呢，你們別看拍賣行的門面做得大，真正能賺錢的也只有那三幾家。現在連皮包、茶葉、花膠和鮑魚，都和藝術品擺在一起了，像不像雜貨場？」一邊嗤笑着，把杯子裏的酒乾了，青霜忙為他添上。

自安道：「你慢些喝。青霜你別一直給他添酒。」

仲凱舉起食指搖幾搖：「男人喝酒，做妻子的可不能管着！」

素安看着青霜，他也喝得夠多了。青霜側起頭舉杯向她笑，伸長脖子把酒全灌進嘴裏，回過來得意地向她晃着空杯子。

仲凱扭過頭不去看他們，繼續說：「到我這環節就更不堪了。爺爺，你們那一代人都守規矩，舉手拍到作品自然就會付賬。現在風氣越來越壞，拖一年半載不付錢，甚至撒賴，玩失蹤。賣方整天追經手的專家，專家整天追我，我整天追買貨人，頂好玩的一條龍遊戲。」

大家都笑起來。青霜看潘老有點累了，便說：「公公，已經晚了，我陪你回房休息吧。」

自安忙站起來：「青霜你別搶着，讓我孝順幾天行不行？」

素安也起來：「我和表姊一起去。」

青霜嘻笑着坐下：「好好！我歇歇，你們兩個獻殷勤去。」一邊捲起衣袖，見旁邊沒有女眷，又解開衣領下的兩個扣子：「熱！」

每天要有多少船

仲凱注意到他的手指修長，漂亮的橢圓形指甲像鑲在指尖的小貝殼。已經喝了不少，一張臉彷彿刷了胭脂，上面微微的一層濡汗，鮮紅得要滴出水來。

仲凱覺得燥熱，起身道：「我到花園吹吹風去。」

青霜拿起兩杯酒，也踱過去。仲凱一個人倚在石欄上看海，聽到腳步聲，回過頭來，取過一杯。

青霜笑道：「表姊夫多久沒看這兒的夜景了。」

「也不算太久吧。其實每個城市的夜景都差不多，主要是和甚麼人一起看。」

青霜舉杯與他一碰：「表姊夫這話真是至理！」

仲凱微笑：「素素叫我凱哥。」

「是，凱哥。」

「海上來來去去，每天要有多少船！」

「據說當年乾隆皇帝遊鎮江金山寺，見長江上船隻無數，也問過這個問題。寺僧答：只有兩艘，一艘為名，一艘為利。」

仲凱嘿嘿笑：「啊，明白了。那麼江河之水呢？每天送往迎來，不煩嗎？」

「此身不由自主。」

「被各式雜物染污了，竟也不恨？」

「世間多少唾面自乾。」

仲凱側過頭來看他幾眼，又轉回去。

「我在看那些船。夜了，還要往何處去，可知道自己要去甚麼地方？甚麼時候可以泊岸？那港口是否它的目的地？或者只是暫時找個安息處熬過黑夜？」

青霜驚奇地看着他，慢慢把酒杯放在石欄上。

仲凱苦笑，仰頭把杯中酒一吸而乾，擱下杯子，順手又拿起青霜的酒杯，小口小口地吮着。

「我甚麼都不缺，竟說出這種話，太奇怪了吧？」歇一歇：「其實甚麼都不缺並不是好事，恰恰正是缺了，而且缺的正是最想得到的。你明白我的話嗎？」

青霜不知怎樣回答。畢竟，他們今天才第一次見面。仲凱卻轉過頭來定定地等他說話。

「那麼，」青霜終於說，「你可知道自己最想得到的是甚麼？你能夠肯定不會弄錯嗎？」

仲凱收回了目光。「你真可笑！誰真能明白自己最想得到的是甚麼呢。譬如我喜歡太陽，也傾心月亮，還有星空的靈氣。只給我一個，我會想着另一個。但如果把星星、月亮和太陽全都給了我，也許我又寧願去隨風飄遊，也許我又寧願變成高山，變成流水。原來拚命爭取到的，到頭來卻並不真的想要。」

青霜聽着聽着，覺得傷感。沉默了好一陣子，才說：「凱哥，我不知你經歷過甚麼，但我們都只不過是塵世間的普通人。我只渴求有人能夠能進入我的心，無論行前或退後，都在我身旁，握住我的手不放，互相依靠取暖。如此，便是我一生之幸。」

仲凱抬起頭，看見天空上缺了一半的月亮。

「你得着了？」

青霜微笑：「是，我覺得是。」

「那你好好珍惜吧。」他轉身向屋裏走去，一邊說道：「你知道嗎，我常常想回到過去，但我已不再是從前的我了。」

雨接連下了整整一個星期，雲終於被洗得雪白，在碧藍的天空上隨心所欲地改變着形狀。

青霜停好車，陶醉在玫瑰的芬芳中，輕輕鬆鬆走進花園。看見轉角樹叢中隱約有裙袂飄動，想是素安，便拐過去。到看清楚一點，忙把身子往旁一縮，不料那邊擺着一隻塑膠空水瓶，一腳踢翻，咚嚨響了一下。

正擁抱着接吻的兩個人急忙分開，抬頭望過來。自安見是他，笑了：「唏，青霜。」舉步走近，停下來愛憐地撫摩他的臉頰，拍兩下，走進屋裏。

沐漣盯着他，目光有點兇狠，青霜聳聳肩膊。

「你！別走開！」沐漣忽然沉聲道。

青霜微笑：「這裏沒我的事。」

「我問你，」沐漣遲疑，不知如何啟齒。

「甚麼事？」

沐漣說得很艱難：「你，你有對不起安姊嗎？」

「甚麼？我？」

「你！」望一眼自安的背影，垂下了頭：「你們！」

青霜好一陣子才反應過來。「當然沒有！但這可不是你應該問的！和你有甚麼關係？」

沐漣一下子洩了氣，「是，沒有關係。對不起。」停了一會兒，慢慢說道：「麻煩你告訴安姊，我下個月跟自安表姊去尼泊爾，當她的攝影助手。」

青霜有點意外：「大學不是要開學嗎？」

「先掙點錢，也許明年再升學。」

「要上喜馬拉雅山？」

「不會去，自安表姊說先在附近看看，還沒準備好。」

青霜點頭。「你自己告訴安姊好了，何必我轉達。」

「我不想見她，暫時不想。」他看着青霜，忽然說：「現在我甚麼都比不上你，但我年輕，我的目標是一定要比你好，你可有壓力了？」

青霜覺得錯愕：「為甚麼這樣想？這目標太卑微太可笑了！」

沐漣皺眉：「你就是這麼一個人！怎樣討厭的話由你說出來，還是可以接受的。我警告你，也許到我目標達到之時，你已經老了，那時你還能壓倒我嗎？」

青霜失笑：「我甚麼時候壓過你了？」忽然明白過來，「但到時她也是個老婦人。」

「那又怎樣？還是同一個人。」

青霜收起笑臉：「是，沐漣。我保證到時仍會是個勝利者。」

「我也希望如此，那表示她幾十年都是活得快樂的。」

青霜看着他，這個年輕人，原來是他的對手。「沐漣，你再考慮一下吧，學費方面，我們都可以幫你。」

「你既然是我的宿敵，便不可以是我的恩人，這道理都不明白？」

一向不多話的沐漣如此咄咄逼人，青霜生氣了：「你算是我的敵人嗎？你不認為自己只是一廂情願？幾十年？那你對剛才做的事，還有去尼泊爾的事，又怎樣解釋？」

沐漣別開了臉。

「那是不一樣的。」他悶聲說道，「心，是不一樣的。」

「自欺欺人！」青霜拋下一句話，背轉身走開。

「心不會說謊。」沐漣提高了聲音：「我早晚會回來。邵醫生，你可得小心了。」

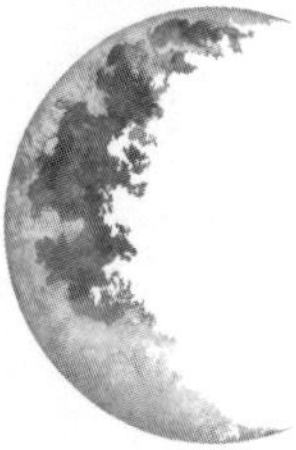

芳草鮮美落英繽紛

夜，有點涼。

他駕起小舟，搖搖晃晃離開了湖岸。迷離的春霧不知從何處湧了過來，漸漸迷住了他的眼，空氣中全是水仙的香氣。七色彩雲包捲着四周，把他掩沒在柔風中春霧中，鎖進芬芳的羅網裏。淡淡的月光從雲間漏過來，照着起伏的山巒，曲線柔美的風景。小舟緩緩盪近桃花源，入谷的通道卻被山巖遮蔽了，他只能徘徊，一次又一次窺探。突然地，一瞬之間，雲也開了，霧也散了，整個世界，千樹萬樹的桃花一剎間全都綻放，滿天滿地飛揚着鮮艷的花瓣。花瓣撲向臉，蓋滿全身，春天的景象原來這般絢麗華美。原本平靜的湖面漸漸捲起了浪花，拍打在身上，臉上。他的雙目忽然盈滿了淚水，這桃花源，他的桃花源，將是他永遠的棲息之地。

生命原來如斯美妙

如破蛹的蝴蝶，擺脱了緊困着身心的厚繭，在色彩繽紛的花叢中吸吮着花蜜的甜香。青霜整個人都透着亮光，最美的年華，最貼心的人，生命原來可以如斯美妙。

週三下午，診所不接病人。兩位護士姑娘把一週的雜事清理出來，又把那些約好下星期要做手術的病人病歷，全整整齊齊擺放在青霜的桌子上。剛從護理學校出來的小護士，把溫水和咖啡杯子也放好。

「謝謝。」青霜呷了一口咖啡，見她還站在一旁，便溫和地一笑：「有甚麼事嗎？」

正對着他出神的女孩唰地紅了臉，怯怯道：「邵醫生，想問呢，還有甚麼要送進來給你查看？」

「沒有了，你出去吧。」

女孩逃了出去，關上門，倚在門邊聽自己的心跳。

青霜習慣在手術前盡量了解病人的病歷，詳細查看他們的病史。成功的手術需要完美，術後更不應有後遺症。不出錯，尤其不因任何疏忽而出錯，是他對自己的要求。這嚴謹的個性一半是天生，一半來自母親從小的訓練。「我要你緊記這三句話：認真對事、誠實待人、嚴於律己。」母親說：「尤其是你做的是與生命有關的事，面對把生命交到你手上的人。」

把診所內一切弄妥，他找愛妻：「乖，你在何處？」

「不告訴你。」

「要唬嚇為夫嗎？立刻回來修理你。」

司機來接他。一打開車門，便看見素安含笑坐在車內，忙坐上車來，拉起她的手。

「你怎麼來了？在附近 shopping 是不是？」

素安搖頭：「想早些見你，便來啦。」

青霜笑，把她的手放到腮邊。又俯前吩咐司機：「阿棠，去山頂。」回頭望着妻子：「我們去看落日，在山頂吃晚飯。」

「山頂有甚麼東西好吃！我已訂了 Amigo，八點鐘，有的是時間。」

山上人很多，他們繞過人群，找尋稍僻的小徑。青霜挽着素安，只覺人多人少也無所謂。她只有他，他只要她，便已足夠。

「你今天幹了些甚麼呢？」

「早上帶爹爹去醫院檢查，明天回去看報告。他被折騰半天，一直在埋怨，說一點病都沒有，年紀大了，胖一點又何妨。」

「他不是胖，是浮腫，面色也棕黃。」

素安笑：「他説都是被你嚇的，有個醫生女婿，只懂沒事找事。」

「我也想他沒事呀，沒事最好。看完醫生又做些甚麼？」

「想你，在書房裏想你，花園裏想你。」一把頭倚着他的臂膊：「你呢？累不累？」

「我忙了一整天，覺得你一直都在旁邊陪着，便不累。」

兩個人絮絮不休，説着最可笑最無聊的事。

「明年九月在紐約有個醫學研討會，」青霜告訴她：「他們邀請我去演講，你陪我去？」

「我不陪你，誰陪？」

「是呀，」青霜笑道：「你不去，可別怪我找女朋友。」

秋天，暑熱剛過，山上的風噗噗吹來，清爽怡人。青霜張開兩臂，笑道：「快哉此風！寡人所與夫人共者邪？」

「甚麼寡人！是哪一座小島的王？我離開你，你便叫作寡人！」

「你為甚麼離開我！不許離開！不許！」

扭過頭來曲起十指，露出齒牙，作出嘶撲咬噬的樣子。素安噗嗤笑了。

「對了，今天看了一段書，極有意思。」素安忽然想起，説：「黃庭堅被貶宜州，陸放翁記載他死於秋暑。我唸給你聽：居一城樓上，亦極湫隘，秋暑方熾，幾不可過。一日忽小雨，魯直飲薄醉，坐胡床，自欄楯間伸足出外以受雨。顧謂寥曰：『信中，吾平生無此快也！』未幾而卒。」

青霜聽得仔細，又把句子在心中過了一遍，問道：「信中是誰？」

「他是黃庭堅的好友，叫范寥，信中是他的字。」

青霜嘆息：「為何不世之才，命運大都坎坷。古今不異。」

林素忙轉過身來：「惹你感慨了，對不起！對不起！」

「沒事。」想了想，又道：「他喝了酒，蒸在悶酷的小樓中，伸腳往窗外受雨，一冷一熱，若平日心臟已有問題，中暑、呼吸困難、心血管堵塞，一定受不了，當然會『未幾而卒』。」

素安不高興：「我只覺得他可愛，你卻替他診病？」

青霜失笑：「是，職業慣性，只看物理，不見性靈。」摟着她：「那我們玩個有性靈的遊戲。」

「甚麼遊戲？」

「追龍詩：自撰七言一句，另一個人接上，必需用前一句的最後一個字作開頭。」

「上下句意思要相連嗎？可要對仗押韻？」

「第一次玩，都不限，好吧？只要句子本身不出錯，便算過關。」

素安笑道：「這算甚麼？簡直是隨便胡謅！你先開個頭。」

青霜望着山下的風景。太陽還未全落，天空透出淡淡的霞光，映在平靜的海面上，那一片橘黃便悠悠盪盪，一直漫入無涯的天際。

「有啦！聽着：秋水連天丈丈平。」

素安讚道：「『丈丈』兩字好，若只用「秋水連天平」就平凡得多。這七個字連起來，既遼闊，又有氣勢。」

青霜彎身：「多承謬讚！你好接上去了。」

素安笑道：「還不容易：平生意氣似驕陽。」

青霜哼了一聲：「這是甚麼意思？母夜叉是不是？該罰！該罰！聽好啦：陽春漸暖千山雪。」

「雪野無人鳥啄門。」

「太平凡！算了，饒你吧。門外垂楊入畫無？」

「這卻難不倒我：無賴秋風催落日。」

「還算有點意思，讓我想想。有了：日長大夢起隆中。」

「中流誰溯大江回？」

青霜笑：「用祖逖接諸葛孔明，也真難為你了，必須給你點個讚。下面呢，回文織就關山遠。」

「遠接天河萬點帆。」

「帆影漸隨紅日落。」

素安忙接上去：「落葉無端隨逝水。」

青霜皺眉：「句子雖流暢，卻太蕭瑟。我勉強續一句：水別崑崙傾入海。」

素安道：「你總想有點奇巧，字句卻還須斟酌。」側起頭來：「海上雲濤翻作雨。」

「雨餘清興入瑤琴。」

「琴弦已斷瀟湘館。」

青霜連連呸了幾下：「不可取！絕不可取！得開心一點：館娃初試韻新成。」

素安兩根手指在他臂上扭了一下：「哪兒有館娃！別做風流夢啦，你！」

青霜哎喲叫起來：「好疼！杜牧柳永誰不風流？偏我就一點兒風騷都不許？」把手臂伸到她面前：「受不了，這兒疼得很。」

素安看了一眼，用手去輕輕拍撫，笑道：「甚麼事都沒有！」

青霜不依：「不行！你得好好安慰安慰它！」素安扭不過，只好笑着俯下頭在他臂上吹一口氣。青霜嘻嘻：「快把詩句續上去，遲了又得受罰。」

「就你最愛胡鬧！最後是個成字？成王敗寇盡為塵。」

「塵掩荒階春草生。」

素安點頭道：「春風吹又生的意思，只是『春草生』不如改作『春草新』。我還是依你原句吧。」微一沉吟，笑道：「這句意頭好得很，討你歡喜：生得寧馨繼舜堯。」

青霜哈哈大笑：「你一個女子，吟這樣的詩句，羞不羞？」嘴唇貼向她耳邊：「這寧馨兒便是我們的兒子，是不是？是不是？」

兩人嬉哈鬧作一團。

有辦法證明男人的貞潔嗎

這般好日子，自從由日本回來之後，便再也沒有了。

有個人一天到晚纏住素安的心。這人穿一件色彩斑斕的小窄裙，露出大半個肉肉的玲瓏的身段，跳起來掛在青霜身上，吻他，叫他Emerald。

一個叫妮娜的女人。

素安常常坐在窗前，蒼白着一張臉發獃。書也不翻，畫也不看，似乎甚麼也引不起她的興趣。

青霜走到背後，雙手搭上她的肩膊，她竟會被嚇得一跳。

「你怎麼啦？不舒服？」青霜俯着問，熱氣呵到她耳邊，素安忙扭頭避開。

青霜把她的身子轉過來，看着她：「你怎麼了？這樣蒼白，我給你檢查一下吧。」

「沒事。」素安輕輕從他懷中掙脱出來，按了廚房的對講機：「玲姐，給我弄杯咖啡。」轉身走進書房。

青霜望着她的背影。當然有事，而他很知道是甚麼事。

外公親自泡茶，放一杯到她面前：「老六安，加了一點陳皮。你近來沒好好吃過一頓飯，一天比一天瘦。」潘老嘆氣：「他的事我知道，那般奢華的生日會，又如此戲劇性地收場，一下子在校園都傳開了。不把他查清楚，我怎會把他介紹給你。那其實算不得是他的污點，素素你別鑽牛角尖。」

素安淚珠亂落：「你們男人當然不當一回事！可我不開心，我受不了！我愛的人，我要他沒有過去。若我早知道，興許不會嫁給他！」

「這是甚麼話！你有辦法證明男人的貞潔嗎？現今的風氣，你只好嫁十五六歲小男孩！」

「我就不嫁人，也沒甚麼大不了。我要離婚！」

潘老大吃一驚：「素素，別說氣話！離婚這兩個字可不是隨便亂說的！」

素安頓足大哭着跑了出去，叫司機：「隨便開，有多遠去多遠！」

潘老發覺事情嚴重了，可恨自己又行動不便。想了想，便打電話找邵青霜。

接電話的卻是護士姑娘：「對不起，潘先生，邵醫生在手術室。我稍後轉告他吧。」

邵青霜五點多來，見潘老半躺在長椅子上，忙走過去：「公公，你還好吧？」很自然地拉過他的手腕按脈，一邊端詳着他。

老人也端詳着這孫婿，瘦了些，稍為憔悴，卻使他的英挺帶點沉澱下來的、淡淡的憂鬱韻味。素安說總有女子圍繞着他，不是沒有緣故的。

「心跳很好。」替他整理好衣袖：「找我有事？」

「素素來過。」

青霜的臉色微微一變。

「青霜，你們怎麼了？」

青霜望着窗外。冬月，天已漸漸昏暗了。

「她惹你生氣了？」

邵青霜長長噓出一口氣。「不，是我惹她生氣了。」

「甚麼事，可方便告訴我？」

青霜沉默良久。「我少年時期的錯事，我要忘掉，她卻不諒解。」

「錯事？很嚴重？」

「在我的生命中很嚴重，對她來說，也許亦認為很嚴重吧。」

「是因為對不起她嗎？」

邵青霜一下子激烈起來：「我認識她以前的一切，即使錯，也只是對不起我自己！」

「那麼，認識她以後，可有過對不起她的事？」

青霜幾乎拂袖而起：「公公，我還以為你最清楚我的為人！」

「是，是！」連忙安撫他：「我太緊張素素，口不擇言了！」

「說起來，其實是我的錯。」潘老說：「我保護她太好，一直要她潔身自愛。她全心全意對你，突然發覺你並不完美，一時間難於適應。給她一些時間吧。」看見青霜臉色鐵青，不禁嘆氣：「好好的一對神仙眷侶……青霜，她對於你，還是從前一般重要嗎？」

青霜的眼眶都紅了。「公公，這話你該去問素素。」

「也是。我真怕你們走錯半步，把彼此都害苦了。」他想起自己年輕的歲月，許多顧慮，猶豫不決，都變成遺憾。「你若緊張她，一定要讓她知道。而且素素這個人，只對她千依百順是不成的。萬事都有情理，是不是？」潘老微笑：「你若沒事，留下陪我吃飯吧。」

「那，素素……」

「不要管她。她本來就是說來吃晚飯的，一生氣不知跑哪裏了。」

青霜想掏電話，被潘老搖手止住了：「你現在找她，她只跟你噴氣，一定不會來。我兩人好好吃頓飯，說不定吃着吃着就回來了，那時軟功硬功隨得你。」見他還在猶豫，笑道：「沒半點兒夫綱。」見青霜尷尬，便轉了話題：「你母親身體怎樣？」

「很不好，都擴散了。」青霜神色黯然。

潘老嘆氣：「太可惜了。」轉頭望向窗外，半天，說：「青霜，能否安排我見她一面？」天，全黑了。

聖誕節前，有個小小的酒會，都是平日經常合作的醫護同事。青霜好不容易求得素安一起參加，高興過了頭，話多了起來。

青霜笑道：「看來你天生是個多愁多病身。」

吳姑娘嘻哈燦笑：「邵醫生，欺我讀書不多麼，這兩句我偏偏記得：你便是那傾國傾城的貌！」

眾人一陣哄笑。

吳姑娘笑道：「一個大男人，長那麼俊美作甚麼！我巴不得和你換張臉。」

一眾女孩爭着要：「只把眼睛給我也好！」「我要酒窩。」

站在青霜旁邊的一個中年女子突然抓起他的手：「你們看看他的手，手指那麼長，指甲橢圓，還是粉紅色！」

青霜笑着躲退要把手抽回來，不料撞到後面的人，另一隻手拿着的滿杯紅酒大半潑倒在身上。

青霜叫道：「哎喲，今天才上身的阿曼尼！」

女孩們趕過來要替他擦拭。青霜忙轉身避開：「沒事！」轉向素安：「我們先回去吧，我得換衣服。」

大家卻不依：「邵醫生，邵太太，你們怎可現在就走！」

青霜拉着妻子：「這是我太太送的新衣，得趕快處理。你們饒了我吧！」在眾人笑鬧聲中逃了出去。

上了車，青霜噓出一口氣。卻見素安冰着臉，忙伸手過去執着她的手。

「聖誕節，大家難得輕鬆一次，你別生氣。」

素安不響，半天，說：「平時也這般胡搞嗎？」

「醫院裏那麼緊張，規矩又多，誰敢胡搞。」拉過她的手放自己膝上，緊緊握着。過一會兒，素安輕咳兩聲，把手抽回去，翻手袋找紙巾擦嘴。

青霜望着窗外。靜夜的半山，市區的燈光都在山腳下，像散落着無數夜明珠，璀璨繁華。車子駛過的路上卻只有蒼白的燈光，淒涼地照着前面迂曲盤迴的山徑。

她不愛我了！

從北海道回來，不，更早一些。自從在機場碰到妮娜，素安就開始變了。每次吻她，擁抱她，都感覺到她的僵硬。他原希望過一些日子，讓事情慢慢淡去，卻不料越來越糟糕。她的眼睛幾乎不再望向他，對她說話，也只簡單回應：是、不是、不想、隨你吧。所謂冷戰就是如此，他覺得可怕。

而且，而且！最近幾個月了，一直都在拒絕他！頭疼、不舒服、累，用各種理由拒絕他！又不敢勉強，他整個人都快瘋掉了。

才一年多，婚姻就走到盡頭了嗎。

回到家，素安吩咐玲姐泡咖啡，逕自走進書房，青霜忙跟進去。

「這麼晚了，還喝咖啡？這陣子都睡不好，別喝了吧。」

「不用你管！」素安冷然，「睡不好跟咖啡沒關係。我要看書，請你出去！」

青霜哀求：「素素，別這樣。我們好好談談吧。」

「談甚麼？有甚麼值得談？」

「這些人每天忙得頭昏腦脹，今晚難得輕鬆一下，是有點放肆。我不是故意潑了酒，趁機溜出來了嗎。」

素安哼了一聲。「你平日如果正經些，那些女孩子怎敢把你當蜜糖。」

青霜啞然。他確實非常隨和，間或講幾句輕鬆的說話，加上年紀輕，沒架子，大家都喜歡他。

見他不敢開口，素安更氣惱了。

「啞口了？你做了甚麼事了？敢說出來嗎！」

青霜氣結：「我做了甚麼事了？你要我說甚麼？」

「我怎麼知道？你乾不乾淨，自己心中有數。」

青霜憤怒了：「我怎麼不乾淨了？」

「我不知道！我對你的事一點都不知道！」

「你怎可以這樣說我！要我怎樣證明清白？給我每天點一滴新鮮的守宮砂嗎！」

「你這般吼叫，還不就是掩飾心虛！」

「無理取鬧！」把手機丟往桌子上：「找證據呀，你隨便看！」

「有用嗎？要瞞自然有更好的方法。」

「我甚麼事瞞過你了？」

素安咬着牙：「哦，你自己不知道？不會是忘了吧？」

青霜連額上的青筋都蹦了起來：「別誣陷我！」

「你敢說一個都沒有嗎！」

邵青霜苦不堪言。

「你要怎樣做呢？拿刀子把我一片片割下來吧，洗乾淨再砌回去。」竟説出這樣的話！素安氣得發抖。

「是我不好，沒留住青春等你。」他不想再吵下去：「我累了，我想睡覺。」移步走向臥室。

「邵青霜！」素安喝道：「從今以後，不得再踏進我房間一步！」

青霜的臉一下子煞白了。

「你知道自己在説甚麼嗎？」他盯住她。

素安倔強地把他的眼光頂回去。

「這屋子是你的，我也不可再進來，是嗎？」

素安鐵青着臉一聲不響。

青霜冷笑：「好！我全依你！以後你不會再見到身邊總是跟着一條狗！」

他轉身出去，又掉頭回來抓了手機，順手把書桌上一堆東西嘩啦掃到地上。飛奔去車房，迅速打火，車輪尖聲刮着地下，箭一般把車開走。

車聲遠去，四周突然像死一般安靜。

素安覺得冷，不自覺地抽抽咽咽，漸漸啊啊地叫起來，嚎啕大哭。

傭人都躲進廚房，玲姐從窗口看着青霜車子噴出來的濃煙，發呆。

邵青霜駕着車子一路飛奔，有路就去，見彎就拐，完全不知開往何處。直到一輛電騎車嗚嗚飛過並擋在他前面，他才茫然煞車。

「先生你超速。」警察敲敲他的車窗玻璃。

他交出所有證件。

年輕的交通警察要他吹氣，幸好只喝了一兩口便全倒在衣服上了。警察把罰單和證件一併交回，向他笑笑，露出小犬齒：「深夜開車，注意安全。」

青霜點頭，看着警車離去，倒在椅子上，像條洩了氣的大河豚。

剛才拐彎時若真的翻了車，死了，她會不會傷心？她還會為他流一滴眼淚嗎？

他覺得自己的心臟在收緊，忙搖下車窗，閉起眼，深深吸氣。母親已近油燈枯盡，他這個時候千萬不能出事。

他回到自己的公寓。

這是他偶而回來的地方，從前，要趕論文，或是想獨自清靜，就來住幾天。這幾年為要多陪母親，已不常來，婚後更不會在此留宿，只母親家中的女傭每週來替他清理一下。

素安也來過三兩次：「小小的，卻這麼精緻，像蝸牛的小殼。」

青霜聽了歡喜，叫它作「蝸閣」。

這兩房一廳的公寓，也許就是他今後的狗窩。

少年時的瘡疤，為甚麼還要不停地挖出來，太殘忍了，我為此的傷痛也已經受夠。早知如此，應該早早做個浪蕩子。身邊的朋友哪一個不是婚前便已千帆過盡，只要不是婚外情，似乎也沒聽過誰的妻子會抱怨。

而她卻容不了一絲污垢。

這一生，是無法讓你滿意了！那麼，彼此放手罷。他嗚咽一聲，把頭埋在軟枕裏。躺着等天亮，打起精神去醫院。中午忍不住給素安打電話，卻已關機。是鐵了心要一刀兩斷了？邵青霜不禁手足冰冷。

他致電母親：「媽媽，我回來陪你吃晚飯。」

羅紉蘭忙吩咐傭人去買海鮮。

看見母親蠟黃的顏色，青霜心酸。卻帶笑撫着她的手：「媽媽，你今天氣息不錯。」

羅紉蘭雙眼離不開愛子的臉：「你怎麼瘦了？」

「都在流行纖體呀。」

「胡說！工作那忙，多吃點。素素要晚一點才來？」

「她今天約了人，來不了。」

「還特別弄了她愛吃的豉油雞。」母親抱怨。

「我也愛吃呀，」青霜道：「多久没和你兩個人靜靜地吃飯了。」

羅紉蘭笑：「青霜你悄悄告訴我，幾時給我添個孫子？」

「到時自然讓你第一個知道。」

「別太久，」她嘆氣：「我怕等不到了。」

「媽媽！」青霜伏在她肩上，這段日子的鬱悶和悲傷，找到一個洩口，幾乎全變成了眼淚。

青霜給素安打電話的時候，她在飛機上，關了手機。

也是一夜無眠。看着淡淡的晨曦，突然想離開香港。上網一看，上午有飛大阪的班機，忙訂了票，叫玲姐收拾幾件隨身衣物，匆匆趕去機場。

到在飛機上坐下來，才驚覺自己是孤零零的一個人。沒人替她把手提箱放上貯物櫃，沒人替她蓋被子，沒人隔着座位板伸頭過來對她笑。

她，一個人。

浴池中多了一個女人

「這麼舒適的夜晚，竟也不能令你開心嗎？」

素安倏然睜開雙眼。浴池中不知何時多了一個女人。

溫泉在大阪附近，是素安喜歡的溫泉區。這裏有棕色的泉水，飽含硫磺和鐵質，叫金湯。也有碳酸鹽類的銀湯，皎白如剛擠出的新鮮牛奶。外公喜歡這家舊式的日本旅舍，舒適精緻，食物美味，每次帶她來都住在這裏。旅舍設有幾個男女分用的大浴場，卻不引溫泉水入客房。

午夜的大浴堂裏只有她一個人。她把沐浴露倒在棉布上，仔細地輕擦全身，小泡泡滿佈皮膚。這般柔膩纖秀，可以保持多久？為何一切美好，遲早都要衰敗呢。

素安用清水沖去身上的皂液，站起來。溫泉水在大浴池裏不住淌流，發出潺潺的愉悅的聲音。她用毛巾半掩着身子，拉開浴池旁邊的玻璃門。外面平台上另有一個露天的小浴池，密藏在木欄柵裏，從小楓樹和松葉間的縫隙，漏過來月亮和星星的柔光。

小浴池裏也沒有人。她把浴巾放在池欄，側身滑入池水中。泉水的溫度很高，熱氣蒸着她的皮膚，透過皮層，一直蒸進她的心裏。

也許不該這樣固執吧。生存，只不過是放手或者妥協。捨不得放手，便只好妥協，沒有中間的路可走。

她閉起眼，熱氣薰濕了她的臉。

「這麼舒適的夜晚，竟也不能令你開心嗎？」

素安倏然睜開雙眼，浴池中多了一個女人。一個非常年輕美麗的女人，倚在對面的池欄。她的眼睛似剛融化的冰川，晶瑩清澈，長長地飛入鬢角，帶一點兒俏媚，睨着素安。

「日本語？英語？」

素安微笑，「都可以。中文怎麼樣？」

女子笑出酒窩：「那要難倒我了。你日本語說得那麼好！」移近來與她並排倚着池邊：「打擾你了。只是看見你不開心的樣子，有點難過。」

「不開心的樣子？」

「難道我看錯了？」

素安用濕手擦臉。

「不，不。」女子說：「不是因為流淚，是你的心，心受了傷。」

素安把頭扭向別處。她不慣與人交談，何況是一個窺探着她心事的陌生人。

「每一件事都是艱難的吧。」女子說，抬頭看着天空。月色非常清朗，遠處卻有一大團濃雲正漸漸移近。「你看，連月亮也沒有躲避的能力呢。」她嘆氣。「譬如這個山區，本來有許多可愛的動物，兔子、山貓、野鹿，尤其多的是狐狸。還有羽毛美麗的鳥，滿山的林木和花果。你看現在還剩甚麼。」

「你一直住在這裏？」素安以為來泡溫泉的都是遊客。

「一直在這裏，自從有了山，有森林有食物，我們一直在這裏。」她臉上的皮膚比雪還要白，在月光下泛着銀光。

「房子越蓋越多，人越來越擠迫，小動物的家被挖掘剷平，鳥找不到築巢的大樹。家也沒有，食物也沒有。」她的聲音充滿哀傷。「從山腳遷到山腰，從山的南邊流轉到西邊，這幾十年，比從前的幾百年幾千年的變遷更多，也更殘忍。」她轉過頭望着素安：「你可願意聽？小狐狸阿藹的故事，它鬱在我心中，我對山說過，對天空說過。但我多希望真有聽得懂的人，你可願意聽麼？就當聽一個荒唐的故事吧。」

素安語調溫柔：「我是很好的聽眾。」

女子深深吸了一口氣，沉默良久。

「阿藹是隻很小很小的狐狸，」她低聲道，「剛出生沒多久。她的爸爸媽媽，在修煉時急於求成，都受了傷。」她停下來，看了素安一眼，見她沒有嘲笑的神氣，才又說下去。

「阿藹先天不足，生下來就非常瘦弱。她的媽媽在受傷後又經過生產的折磨，衰弱得整天躺在草窩上，對着焦急地索取母乳的崽兒，只能無助地流淚。阿藹的父親，剛才說了，也受了傷。他每天拖着病軀四處尋找食物。山上的小獸鳥禽有些已經逃走，大部份因失去食物和棲息之地而死亡，早就沒有多少剩下了，傷病的狐狸也不容易追捕獵物。他有時帶回發臭的山貓或野兔的屍體，那是最豐盛的晚餐了，省着要吃一兩天。有時叼回瘦得剩下骨頭的野鼠，甚至只是幾條爬蟲。他總是先餵妻子，然後把食物嚼碎，一口一口餵給餓慌了的阿藹。小小的阿藹，一點兒都不懂事，總是哭鬧着要更多，更多……」她閉起眼，好一陣子才吐出一口氣，再張開眼來。

「有一天，」她大力地抽一下鼻子。「有一天，洞外不遠處傳來許多聲音，人們說話的聲音，大卡車沉重地輾過山野的聲音。媽媽緊緊抱着阿藹，全身都在顫抖。他們要挖這座山了，她說，我們快走吧。怎麼走呢，爸爸說，你太虛弱，阿藹還不會走路，我自己也跑不遠，更不能叼着你和阿藹逃命。別管我，媽媽說，趕快帶阿藹離開這個地方。爸爸生氣了：你是叫我丟下自己的妻子嗎！多撐兩天，你病好些，我們再跑。」

素安把身體向她挪近一點。

「挖泥車沉重的聲音一天比一天接近。媽媽抱着阿藹，她們都餓得只剩下一雙大眼。你快走吧，趁現在還來得及，媽媽一直哀求着。爸爸說：我們在一起很好，比甚麼都好。然後阿藹聽見媽媽驚恐地尖叫：你做甚麼！不要！求你不要這樣！」女子的眼淚終於大滴大滴地滾下來：「爸爸低下頭，用尖利的牙齒咬着自己的手臂，撕下一塊肉來，許多毛，血在淌着，他把手臂的傷口湊近阿藹的嘴唇，嚴厲地命令女兒：快吸！別浪費了！然後把撕下來的肉遞向妻子。媽媽拚命扭開臉哭叫：別！我不要！已經撕下來了，他說，用嘴巴把肉拉成小片塞進妻子的嘴裏，又餵阿藹：阿藹你要多吃，快吃！

「入夜，爸爸把阿藹叼起來，爬出洞口，一直到了山崖邊：你慢慢爬下去，別怕，都有小樹叢，離開這裏吧！爸爸用濕軟的舌頭舔着阿藹的臉，她的脖子，一次又一次地叫着：阿藹，好阿藹。阿藹流下淚來：爸爸你不要我了？」

女子用手把水潑到臉上，慢慢抹去。然後抬起頭來，又噓了一口氣。

「太陽將要升起的時候，爸爸突然驚叫起來：阿藹！你怎麼回來了？」女子輕聲笑了一下：「是呀，阿藹獨自撐着爬了一夜，毛皮都刮破了，回到自己的家。媽媽傷心地舔她的傷口，說不出話。也好，爸爸嘆氣，就讓我們都在一起吧。

「第二天午後，阿藹的家突然變得光亮了，空氣一下子衝了進來——挖泥機！挖—泥—機！爸爸把媽媽抱在懷裏，媽媽伏在阿藹身上。但一切都是徒勞，一切都太遲了！他們同一時間發出悲鳴，痛，皮開骨裂的痛！阿藹一下子昏死過去。」

素安伸手摟着她的肩膊。

「是爸爸把我弄醒過來的。」她抽咽着：「阿藹，起來！快起來！爸爸用盡力氣在推我，淒厲地叫喊：快走！滾着滑下這運泥車，滑到地面去！再遲一些，另一堆泥就要壓下來，把我們全埋在這裏了！我說：爸爸，我們一起滑下去！然後我看見爸爸的身子，沒有了下半身的爸爸的身子，血淋淋地，懷裏抱着一個頭，媽—媽—的—頭！」女子大聲地痛哭起來。

那團烏雲，把月亮全掩蓋了。

「爸爸用嘴巴拱我，一直把我拱到車沿。每天晚上去泡金湯，他喘着氣說，然後找個地方躺好，靜靜地深呼吸，甚麼都不要想。記着，每天晚上泡金湯……。我身上一直痛，終於滑跌到土坡上。然後我才知道自己為甚麼痛得那麼厲害，我，我的尾巴和一條腿都沒有了。」

素安覺得四周安靜得可怕。

「你害怕我嗎？」

素安搖頭。

「我們泡得太久了。」她推一下素安：「你先起來吧。我不要嚇着你。」

素安站起來，走進大浴場內清潔身子，穿好衣服出來。四周沒有人。

「你在嗎？」她低聲說：「你在哪裏？」

草叢中一陣悉索。素安走過去，抱起牠，撫摩牠帶着濕氣的柔軟的黃毛。

「阿藹，還疼嗎？」

「痛不在身體。」阿藹半瞇着眼睛：「你的懷抱這麼溫暖！你知道嗎，那天以後我再沒嘗過躺在懷中被愛撫的滋味。多麼希望有人愛我，多麼希望有人愛我！像爸爸媽媽愛我那樣，像爸爸愛媽媽那樣。」

素安用臉頰輕輕摩擦牠。

牠抬起頭看一下天空，「我得走了。謝謝你願意聽我說了這許多。請把我放下來吧。」

素安彎身把牠放在地上，沒有尾巴，三隻腳，一下子閃進草叢裏。

牠回過頭來：「別再不開心了。每一件事都是艱難的。有人愛你嗎，像我爸爸愛媽媽那樣多？你們把我們這些山野中的族類叫禽獸。人，不會連禽獸都不如吧。」

牠向素安點點頭，迅速沒入草叢裏。

天空開始露出淡淡的晨曦。

何必一定要看到花殘

「你回去吧，我也不能再接受推拿了。」

李節聲音咽哽：「讓我陪着你吧。」

羅紉蘭苦笑：「何必一定要看到花殘。」

「但我不想離開你。」

「總是要離開的。我大約不久便要住進醫院，你留在身邊，會引起許多閒話。我不在乎，但絕不能讓流言傷害青霜，你明白嗎？」

李節把她的手貼向自己的臉，說不出話。

羅紉蘭的手指掠過他的眉毛，他的鼻子，他弧形的唇線：「對你，我滿懷感激。這一年多真是我快樂的時光，時間剛剛好。太短是遺憾，拖得太久又會疲倦，現在是最完美的結局。聽着，我的律師將會聯絡你，我會留給你……」

李節倏地抬起頭來：「我不要聽這種話！」

「我知道，我知道。」羅紉蘭輕拍他的手。「但如果你暮年仍活得艱辛，想想我會多麼難受。所以，為了讓我安心，也請你務必、一定、要接受吧。」

「不要這樣。」李節的淚水湧上眼眶。

「這只是我留給一位好朋友的小小心意。」她按一下電鈴：「你回去吧。記住我的話，我對你只有祝福。」對走進來的護理員說：「麻煩你通知司機，送李先生回去。」

張律師從隔壁相連的房間走進來。

「你都聽到了？」

「沒有。」張律師生氣，「我不知道你要給他甚麼。」

「一層自住的樓宇，安全舒適就好。在我禮頓山的物業裏撥一個給他吧，空氣好，出行方便。銅鑼灣地鐵附近再挑一層適合他工作的地方，兩千呎左右，教跳舞也好，替人推拿也好，棲身及覓食之處便全都有了，他不必再受租金之苦。另外一些現金，」說了一個數目，「不算過份吧？都是我輕易能做到的。文件盡快，即時過戶，不用等以後。」

「現在一個禮頓山的住宅是甚麼價錢？銅鑼灣地鐵附近的商廈又是甚麼價錢？那筆現金許多人一輩子掙不到。羅小姐，你知道自己在做甚麼嗎？」

羅紉蘭笑：「我還沒昏迷呢。」

「你可清楚他是怎樣的人？」

「普通人，靠天賦和技巧去謀生的人。」羅紉蘭嘆息：「人總得活下去，男人和女人基本上是一樣的。我得到一些，當然也要付出一些，他沒有詐騙過我，我也不要虧欠他。」她閉上眼：「你可知道寂寞是甚麼滋味？」

「世上並不只有你一個人寂寞。」

羅紉蘭疲倦地笑：「軟弱時給我安慰，寂寞時張開雙臂擁抱我，便是給我幸福的人。」她張開眼來，望着張律師。「你可知我前夫最大的優點是甚麼？慷慨！他從來不薄待身邊的每一個人：朋友，夥伴，下屬，服務人員，以及任何有過瓜葛的女人。」

李節沒有坐上司機的車子。

「我到海邊走走，」他說：「坐巴士回去。」

他走下斜坡，不遠處就是公車站，有一排兩張椅子。他坐下來，對面是染着晚霞的大海。他的腦子像切斷了電流，沒有了思想。一輛一輛公車在他面前停下了，又開走了。然後他發覺對岸的燈光漸漸亮了起來。這是一個薄霧如紗的夜晚，沒有星，也沒有月光。

說他沒有企求，那是不確實的，說他處心積慮，也是不對的。

對長久寂寞的女人，只要一分輕薄，三分溫柔，太容易了。他只是想不到她一點都不提防，那樣自然地接受他，像多年的戀人，知心的朋友。她全心全意地享受着與他一起的時光，在病弱的身體裏，抽出最好最美的都給了他。慢慢地，他覺得慚愧了。在他悲喜交纏的生命中，從沒遇到過這麼水晶般純粹的人。那麼，在她還能享受的日子，給她最後的快樂吧。

那七分虛情，到後來，竟成了真心。

李節的臉上一片濕涼。

她會給他甚麼？他是否應該拒絕呢？

物質不滅心可滅

素安不敢相信一個優雅秀麗的人，能迅速變成了枯枝的模樣。

羅紉蘭雙手插着管子，看見素安，雙眼放出光芒。

「媽媽！」素安拉張椅子坐在病床旁，靠近她：「媽媽！」

只是叫着，不知該說甚麼話。

羅紉蘭努力要說得清楚些：「素素，這幾天都不見你，青霜說你病了？怎麼瘦許多，臉色也不好，沒事吧？」

「別擔心，媽媽，我很好。」

羅紉蘭愁苦：「青霜也瘦，不開心的樣子，是他惹你生氣了？」

素安搖頭：「沒有。」

「他，」羅紉蘭喘口氣，「他真的很愛很愛你。有甚麼錯，都原諒他吧。」

素安不敢說話。

「我只願你們過得好好的。」嘆息着：「素素，男人能一心向着你，是最大的福份，你知道嗎。」

素安雙眼濕潤了，強忍着不敢流淚。邵青霜卻在這時走進來。看見素安，不禁一呆。

「媽媽。」

走近床邊，素安要站起來，青霜忙雙手按着她的肩膊。羅紉蘭覺得安慰。

「青霜，我剛對素素説，如果你令她不開心，也請她千萬原諒你吧。」

青霜俯向素素耳邊：「是，請你千萬原諒我吧。」

素安不知如何應付這對母子。

護士進來量血壓和體溫。素安和青霜退到窗邊，窗外可以看見賽馬場。沒有賽事，一群年輕人在玩足球。

青霜壓低聲音：「你去了哪裏？」

「要向你報告嗎？」

青霜閉嘴。良久，嘆息一聲：「我的電話、信息、郵件，全都不理會了？」

素安哼了一下，走過另一邊，坐下來翻報紙。

青霜盯着她。她鬆鬆的上衣是淺棕色，同色闊腳褲子，掛一串紅珊瑚圓珠項鏈，頭髮束成小髻。不，也不只因為她美，也不只因為她聰慧，這般愛着她，是甚麼緣故。

護士給羅紉蘭打了針，她已閉目沉睡。素安拿起手袋，青霜便跟在她後面。

這醫院的電梯比蝸牛慢。兩人只好呆等，也沒旁人。

「外公想來看看媽媽，找一天你也陪着過來吧。」

素安嗯了一聲。

「那天晚上是我不好。」青霜低聲央求着：「真的原諒我吧。」

素安不理他。

他躊躇半天：「我回家好不好？」

素安哼了一聲：「走了可別想再回來！」電梯剛好到了，她丟下一句：「我叫人把你的東西送往蝸閣去。」進了電梯，迅速按扭關門。

如此冷酷無情，難道從前的愛全是虛假？青霜氣得任由電梯離去。

素安心中卻一片茫然。為甚麼會説出這樣決絕的話呢？是賭氣還是真心？一句一句就那麼冰冷地噴出來了，是一種快意的痛楚。「多麼希望有人愛我，多麼希望有人愛我！」但愛總是和痛混在一起的，割捨愛才不會痛，阿藹你能夠明白嗎。

過了兩天，邵青霜親自用輪椅把潘老推進母親的病房。

羅紉蘭半閉着眼，似睡非睡。青霜俯在她耳邊，輕聲叫她：「媽媽，媽媽！」

她睜開眼來，看見愛子，眼睛迅地閃出了光采。這兩天醫生都給她打針，她似乎比往日精神。

「媽媽，素素和外公都來看你了！」一邊把輪椅移到床邊。

潘永翔心如刀割。

美麗的阿蘭，天真的阿蘭，笑出兩個小酒窩的可愛的阿蘭，此刻只比骷髏多一口氣。他雙眼湧出了淚水。

羅紉蘭看着他。潘永翔把口罩解開，讓她看清楚些，又緩緩戴回去。

青霜抽出紙巾替母親拭淚。

「翔哥！」

「是我，阿蘭。」

他們都常會在報刊上看到對方的照片，真正碰面的機會卻不多。早年還偶然會在社交場合寒暄幾句，人多，又各自帶着伴侶，也從沒機會敍舊。這兩年，羅紉蘭病情反覆，青霜和素安婚禮那幾天，又躺進了醫院。想不到現在相見，卻快到生命的終點。

青霜把私人護理支開，說：「公公，媽媽，我和素素就在門外，有事按一下鈴就好。」

潘永翔說：「你們都留下，羅潘兩家的舊誼，也是時候讓你們知道。」

青霜和素安走到窗旁的椅子上坐下，離他們遠一點。

都不知如何開口。

「謝謝你每年生日都給我送花。」

「對不起，只讓花店送去。其實每次都想親自送給你。」

「就那麼害怕見我？」

潘永翔搖頭：「不是害怕，初時不想你家人誤會，到你離了婚，更不想惹人閒話。你後面總跟着一排狗仔隊。」

羅紉蘭苦笑：「是，一點私隱都沒有。」停了一下：「也謝謝每年清明為爹爹掃墓。」

「羅先生是我大恩人，這是應該的。老先生囑咐我好好照顧你，我對不起他，我深負所託。」

「爹爹只囑咐你好好照顧我嗎？」

潘永翔不敢回答。

「你為何不聽爹爹的話？」羅紉蘭雙眼又含滿淚水。

「是我不好，但你也作了選擇。阿蘭，我比你大十七八年，而且事業未成，總怕無法給你幸福。」

青霜和素安迅速地交換一下目光，心都卜卜亂跳。

「別人也沒有給我幸福。」

「這樣說不公平，他人才出眾，長袖善舞，你和他當然也有過幸福的日子。」

羅紉蘭長噓一口氣：「是，但各式花草何曾缺席。」

每次在八卦消息上看到她的處境，潘永翔都心痛難忍，也深深自責。

「永翔，」羅老去世前說過幾次：「相差十七八年，其實也不是大事。」

「羅老，我命途多蹇，事業未成，實在不敢耽誤阿蘭。」

老先生也只能嘆息。他彌留時，女兒才十一歲，也沒有替她早早定親的道理。「到時看看吧，如果阿蘭自己願意，你千萬不可再有顧慮。」

永翔原希望讓她先完成大學。但大學一年級的暑假，她要他趕往紐約，挽着她的手走進教堂，微笑着把她交給俊美的新郎。

是命嗎？也不完全是。如果阿蘭的丈夫能對她好些，他就不必長期自責，深覺愧對救過他幫過他的羅老先生。

他再望向病床上的羅紉蘭，她也正看着他。

他向她微笑：「我心愛的外孫女兒嫁給你優秀的兒子，總算為兩家填補了一些遺憾吧。」

他示意青霜和素安走近床前。

「青霜，素安，我有非常重要的工作交給你們，你們要好好完成我的心願。」

他的目光變得嚴肅了：「我有幸在這座城市初建之時成就事業，並非因為我有過人的天賦，大半是得於天時地利之便。我以商人之敏銳及千倍的勤勞，賺取合理的利潤，不使詐，不欺人，不為惡，不壓貧，暮年回顧，亦覺無愧於心。我的兒女已得到良好的教育，足以自立於世，留給他們的只是小小心意和愛心。我多年前已設立了一個基金，用於幫助國內中小學的教育，已有一個優秀的團隊運作多年，成績良好。年初又籌辦了一個藝術基金，想交給你們去主理。素素，學以致用，這將會是你的畢生事業。」

他看着素安。素安微微挺一下身子：「是，公公。」

「潘家的收藏，由父祖輩開始，累積百餘年，加上我這幾十年的心血，頗有一些可觀之物。這批書畫、瓷器、銅器、雕塑、古籍及近代的名人書信等，全部撥入藝術基金，我個人名下大部份資產也歸入基金內。素素，我要籌建一座藝術館。」

素安幾乎要倒抽一口冷氣。

「公公，」青霜說：「長期支持一座藝術館，是極為龐大的費用。」

「那筆基金，只要管理得好，部份收益已足夠支持每年的營運。能夠做，就先做了吧，太長遠的事，不能提前去擔憂。還有一些印象派油畫，我特別喜歡，在六十年代已開始陸續買入，一直寄存在倫敦的拍賣行裏，藝術館建成之後再運回來吧。素素的責任繁重，青霜你得協助她，有空約李律師見面了解清楚些。」

羅紉蘭雙眼放出光芒：「我可以加入你的基金嗎？我的收藏，也可以一併在內嗎？」

各人幾乎同聲歡叫。潘永翔瞬間熱淚盈眶。

「這是對羅老先生最好的報答了！阿蘭，你父親一定會很高興！」他轉向青霜：「土地已經預備好，在島的東端，地點非常理想，我喜歡蘇州博物館那樣的味道，就怕找不到那麼好的建築師了。潘羅兩家的資產和收藏併合起來，會非常豐實。資金寬裕，別收門票，人們可以來參觀，學習，臨摹，借出場地給年輕的藝術家做展覽。還可以附建一座圖書館，週末舉辦研修班或講座，讓青少年通過對文物的認識，多了解祖先的歷史和文化，他們這方面的知識太貧乏了。不了解，怎會有感情，隔膜就是這樣形成的。」

他歇一歇：「我前天剛看到幾句前人的話，『藝術最強力的效果，石破天驚，神傷魂斷，使禽獸轉化為人』。」

青霜看他一眼，微微一笑。

潘永翔笑道：「我呢，中國的書讀了一些，外國的知識卻相當膚淺。最近才開始看了一點，青霜你在取笑我？」

青霜還來不及回答，羅紉蘭已說道：「還是每天都要看書，幾十年也沒改變。」笑着閉起了眼睛。

青霜忙說：「今天夠累了，媽媽你休息吧。公公也該回去了。」

羅紉蘭張開眼來：「青霜，約張律師盡快來見我。」

「今天真是個好日子。」潘永翔說：「我改日再來，阿蘭，我們好好下盤棋。」

紉蘭微笑：「但我早忘記了。」

「不就是蠢豬嗎！」

羅紉蘭一呆，濕了雙眼。

「但我沒有忘記，翔哥，我沒忘記為甚麼我的名字叫紉蘭。」

「那真好！你爹爹會很安慰。你休息一下吧。」他伸手過去，輕拍一下她手背的棱棱瘦骨，慢慢替她拉好被子：「阿蘭，物質不滅。你若遇到一個好哥哥，那一定便是我了。」

把外公送回家，青霜讓司機下班。

「我想與你談談。」青霜說，「去蝸閣，還是山頂？」

「不去蝸閣。」

青霜點頭。他自己開車，素安坐在旁邊，都不再說話。

停好車，兩人緩緩走上行人徑。好像要下雨了，沉重的烏雲在遠遠的山峰上徘徊。風很

蘇州博物館

世界著名的建築師貝聿銘（一九一七—二零一九）曾為中國設計了北京香山飯店，和位於香港的中國銀行大廈。但他晚年設計的蘇州博物館，卻是最為滿意的封山之作。他是蘇州人，這座博物館不但總結了他一生積累的建築智慧，融合了東方傳統美學，更傾注着他對家鄉的情感。天空的光，水中的影，枝構的灰色線條，把山巒起伏的裝飾牆襯托得如詩如夢，蘇州院落獨特的建築風格被注進新穎的內涵。它展現了西方的藝術視覺，卻充滿東方含蓄優雅的韻味。

大，帶點兒霧的氣息，黏黏地。素安的頭髮被風吹得淩亂，她從手袋拿出小梳子來。青霜伸手想把梳子取過，替她梳理，素安即時側身避開。

連頭髮也不讓我碰了！青霜停下步來。

「那天晚上是我不好，不該這樣發脾氣。但我的心，你總知道吧。你真的恨極了我？」

素安不說話。

「我們也會像外公和媽媽一樣，到垂垂老暮了，才知道悔恨麼？」

素安的雙眼盈起了淚水。

他的手，他的吻，他身體每一部份，稍微觸碰到她，她就立刻想起他也曾這樣愛過別人，多少人？這令她瞬間冰冷。

已經到這地步了，怎麼還做夫妻。

她倔強地抿着嘴唇不讓眼淚流下。是一顆鐵石鑄成的心，青霜苦得像剛喝過加了黃連的中藥。

「我下個月要去紐約開會，你說過會陪我去的，記得嗎？」

那時候，也在山頂，素安說：「我不陪你，誰陪？」「是呀，」青霜笑着回答：「你不去，可別怪我找女朋友。」

說這樣的話，當時是玩笑，現在想起來，分明就是一個多年的慣匪！

「我早已答應要去作一個報告，不好缺席，開完會還得去康奈爾演講，前後差不多兩個星期。」青霜低聲求着：「我答應不打擾你，可以住不同的房間，抽個空還可以去大都會博物館。陪我去吧好不好。」

素安只是輕輕搖了搖頭。

稍微軟弱便會改變一切——她現在還沒有想清楚，她還沒準備好。

青霜深深吸一口氣。「我們這樣，怎可以完成外公的計劃？」

把這樣繁重的工作交給他們，就是要把他們拉在一起。但素安這樣子，老人家恐怕要失望了。

「律師寄來的分居協議收到了。可是急着要回件？」

素安扭開頭去，沒有回答。

「那請你等一下吧。但若你急着要，我也決不耽誤你，叫律師通知我好了。」有些話，他不知該如何開口，又覺得不得不說。「我有甚麼事一定不會瞞你，你不必私下裏疑神疑鬼。是我不好，因為我，本來無憂無慮的你要受這樣的苦，是我耽誤了你。以後你該開心一點吧，別再苦了自己。」

素安用手捂着嘴，停一下，深深吸氣。

「你離開一陣子也好。」她低聲說，「讓我好好想一想，你也好好想一想。也許我要求太多，但生命很長，一諾有千金之重，你別輕易許諾。」

「知道了。我去了紐約，麻煩你多照看媽媽。有事請立刻通知我，別忘了，好嗎？」

素安大步向車子奔去。

天空，突然像被撕裂了一般，把貯在上面的水全傾倒下來了。

總是由美好開始　以醜惡結束

青霜吃過晚飯，在第五大道走了一會兒，進Tiffany看了一圈，覺得沒有甚麼是素安會喜歡的。覺着無聊，便走回酒店。在大堂入口卻碰到一個人。

「史提芬邵！」那女子叫道：「我昨天聽了你的演講，我是伊莎貝史密斯。」向他伸出右手。

青霜忙回禮招呼，伸手與她一握。

「史提芬，」伊莎貝笑道：「我引用過你的論文，讀過你的小傳，這次能見到你，太高興了！」

「我也讀過你的論文呢，史密斯女士。」

伊莎貝史密斯在細菌學上頗有名氣。青霜覺得她的論文很接近自己的風格：抓緊重點，論證嚴謹，文字簡潔優美，一篇枯燥的科學論文竟有音樂般的節奏，迅速把讀者的思維導入研究的核心。

伊莎貝的皮膚白晳，握手時的感覺卻非常乾硬粗糙，是一雙長年操勞的手吧。青霜想起妻子柔膩的手掌，她無一處不軟滑的身子，忽然思念起來。那思念像小小的火苗，在心的一個角落，一閃一閃地搖曳着。

伊莎貝站在他面前，幾乎與他一樣高。她身材纖瘦，接近四十歲的年紀，眼角有不少細細的皺紋。笑的時候，那細紋竟似一條條活了起來，襯得一雙大眼珠又聰明又亮麗，嫵媚中帶點颯爽英氣。

「認識你真好！」她笑：「我剛想去喝一杯，你可有空？」

青霜看一下錶，才八點半，笑着陪她走進大堂一角的酒吧。

「許多人早上開完會都走了，我想，來一趟紐約，怎可以不去大都會博物館？」

青霜笑問：「你去了嗎？」

「在那兒消磨了一個下午。」

「我也在，竟沒碰上！」

「哎喲！」伊莎貝非常遺憾，「有一張中文書法我多麼喜歡！簡介說作者是十一世紀叫Mi Fu的書法家，那線條抑揚飛躍，似舞者的腳步，每一個扭動都帶着音樂的節拍。可惜內容我一點都不明白，如果碰到你，也許能解釋給我聽。」

「是那長長的卷子吧？作者米芾，不但是當時著名的書法家，近一千年來，他的風格影響着無數學習書法的人，而且會一直影響下去。這卷子是他在船上寫的詩，即景而成，情隨景發，詩好，書法更好。」一句一句唸出來，細細解釋給她聽。

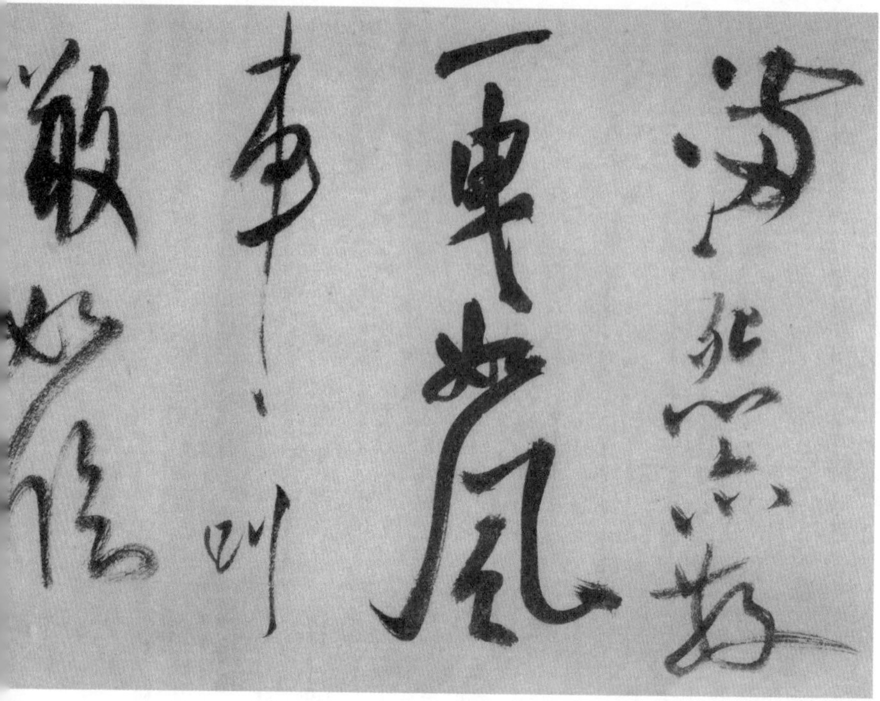

米芾

（一零五一——一一零七）

行書《吳江舟中詩》（局部）

米芾，亦作米黻，字元章。他在中國書法史上地位超然，與蘇軾、黃庭堅、蔡襄並稱宋四家，對後世學書者的影響也較為重要。他的書法墨色飽滿，運筆爽勁清俊，自成一家。亦善繪煙雲山水，世譽之為「米家山」，在書學評論和書畫史研究上亦卓然有成。

《吳江舟中詩》是他在舟行時即景之作，描寫逆風行舟，泥黏舟底，縴夫討價還價，直至工錢滿意，才奮力「一曳如風車」，令小舟順利前行。詩既不落俗套，書法更如駿馬躍川，令人嘆服。

釋文：

（意）滿怨亦散。一曳如風車，叫噉如臨戰。傍觀鸎竇湖，渺（渺無涯岸）。

寧湘湘 傍觀貽我

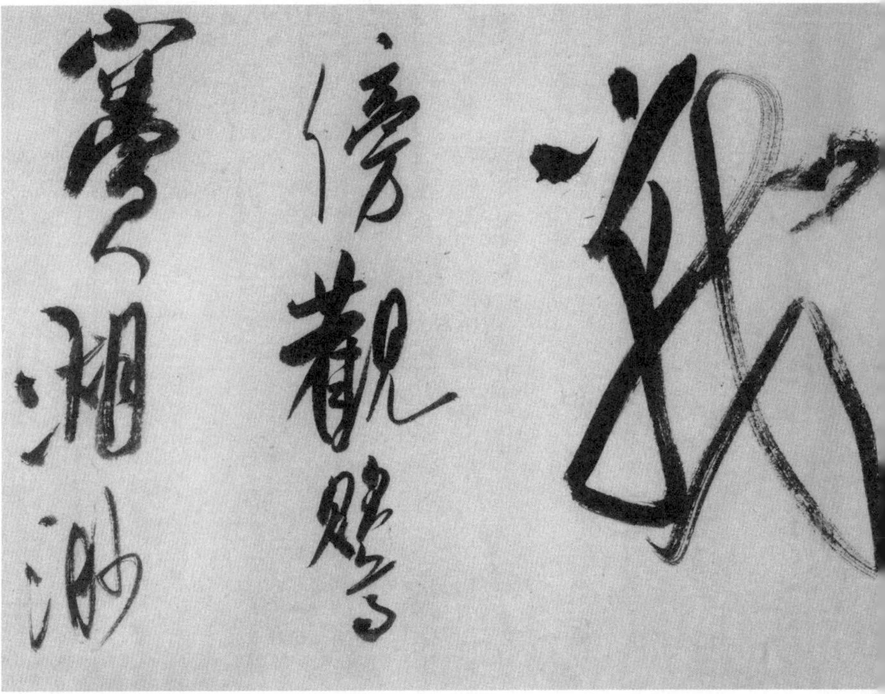

伊莎貝驚歎：「史提芬，你懂那麼多！記得那麼清楚！」

青霜微笑：「我跟太太學的，她是這方面的專家。」

「真是太美妙了！那書法，你和你的太太，都太美妙了！」歇一下，又說：「真令人羡慕。」

青霜只笑一下，慢慢呷着酒。她語氣中的苦澀那樣明顯，倒令他不敢隨便說話。

「世上幸福的夫妻，都帶着上帝的祝福吧。」她說。「但上帝太吝嗇，不願把祝福賜給每一個人。」

她叫服務員再添一杯酒。

「事情總是由美好開始，以醜惡結束，如粉嫩之嬰兒終成為衰醜的老人。生命如是，愛情如是，婚姻如是。」

「應該享受的是其中的過程吧。」青霜慢慢地喝着，「無知嬰兒長成英偉少年或嬌甜少女，年輕人從患得患失到兩情相悅，孤獨的個體終於享受到家庭的溫暖，那種甜蜜的幸福感不會過去。」

「但畢竟總是過去了，你並沒有説完事情發展的後半段。你知道嗎，那年，你們香港的高錕拿到諾貝爾獎，但腦退化已經嚴重，不能親自宣讀演講辭了。我在電視機前一邊看一邊流淚。就是他，這個在屏幕上舉止遲鈍的老人，以光纖改變了整個世界！但那麼偉大的聰明的腦袋，也終於萎縮了，不能思考，不能言語，認不出至親的人，忘乾淨一切美好的往事。渺小如我還能留下甚麼？從十二歲起，我開始辛辛苦苦兼職，預備大學的學費。一定要拿最好的成績，獲取高額獎學金，寫出色的論文，爭得名校的教職。這一切，與高錕比起來算得甚麼呢！到頭來，他卻連自己的意識都保不住了。我的一切，更是一下子便會消亡，世界上從來沒有過我這個人，我的努力原來全都是徒勞無功的。」

她的眼睛充滿淚水。青霜不忍，伸過手去拍拍她的手背。伊莎貝的手掌反過來，緊緊捉住他的手，青霜倒覺得不好即時把手抽出來了。

「我那時非常非常愛他，我的丈夫，他那麼漂亮，球場上矯健的身姿。女兒出生那年，我們都不滿十八歲。白天把嬰兒託人看管，我上學、兼職，傍晚把孩子接回來，燒飯，清潔，哄孩子睡覺，洗碗，清潔廚房。嬰兒每天髒衣服一大堆，要分類丟進洗衣機。預備她明天的午餐，一樣樣包好放盒子裏。然後才可以坐下來，喝杯牛奶寫論文。幼兒三點鐘哭着要吃奶，我四點上床，六點半起來，大清早把孩子和需用的衣服食物一起送到託管人家裏去，然後往快餐店工作幾個小時，再回學校上課。丈夫昨晚看球賽至通宵，睡得正香。」

青霜把手抽出來，拿起桌上的紙巾遞給她拭淚。

「我發高燒，自己開車去看醫生。女兒七歲肺炎在醫院，一連幾天就只我一個人陪着。我需要的時候他不在，我累的時候沒有依傍的肩膊。由始至終，我一個人活着。我把一切都安排得太好了，他覺得我無所不能，甚麼事都不需要他插手，越發的自由自在。原來，不一定需要出軌背叛，婚姻也會死亡。」

青霜想不出安慰的話，只好默默聽着。

伊莎貝拭乾了眼淚，忽然苦笑：「我不知道為甚麼會在你面前流淚，我已經許多年沒有眼淚，甚至以為自己的淚早就流乾了。」

青霜不知該説甚麼。過一會兒，問道：「你女兒多大了？」

「十八歲，在波士頓上大學。」她嘆口氣，「我們在她九歲時離婚。她不喜歡父親，也不和我親。她覺得她的童年不快樂，全是我們的錯。」

她看着他手上的戒指。

「你的婚姻，」她説：「幸福嗎？」

青霜微笑：「我非常愛她。」

「她也同樣愛你嗎？」

「我想是。」然後用非常肯定的語氣回答：「當然是！」

他看一下腕錶，「很晚了，我明天要往康耐爾去。」

他結了賬，兩人去乘電梯。客人不斷擠進來，她被壓到他身旁。夏天，他穿的是短袖運動衣，她穿無袖的裙子，溫熱的肩臂貼到他的肩臂，微微的濡汗。青霜勉強斜轉一個角度，那熱氣還是隔着衣服傳到他背上。

電梯停下，有客人出去，青霜終於可以有比較舒服的空間。客人走了一批又一批，到第十二層，只剩下他們兩人，電梯門重又關起來。

伊莎貝抬頭看着電板上樓層的數字，一層一層地加上去。

「原來已近午夜，我明早七點正的飛機。」她説：「我的時間永遠只剩下一點點，過了便沒有了。」

高錕

（一九三三—二零一八）

高錕是世界著名的物理學家，一九六零年代開始光纖通訊的研究。他的研究成果改變了全世界的通訊技術，沒有光纖，現在所有快速的電子通訊都是空談。世界尊他為「光纖通訊之父」，二零零九年獲諾貝爾物理學獎。這個遲來的獎項幸好能趕及他的有生之年，但他腦退化症已相當嚴重，只能由其夫人在頒獎大會上代為致辭。二零一八年辭世。

電梯門打開，她身子頂着門沿，回頭望向他，忽然說：「我房間是一八零二號。」轉身走了出去。

青霜獨自站着，電梯門緩緩關上，過了一陣，重又打開。青霜走出來，回到自己的房間。服務員已把窗簾拉好，室內只有小枱燈幽幽的微光。

他按亮房間的燈，所有的燈，白灼灼地照着。他覺得這樣很好，一片光明，直亮到心裏去。

他拿出手機，找到要聯絡的人，按了下去。鈴聲寂寞地響着，一下一下，響了許久。他終於放棄，把手機拋到桌上。

冷清的旅舍房間，寂寞的時候，思念的時候，飢渴地需要愛的時候，總是見不着，聽不見，找不到。

房間的電話忽然響起來。

「史提芬。」

「伊莎貝，有事嗎？」

「我睡不着。」

「對不起，我正和太太在視頻，不和你多談了。晚安！祝你旅途愉快。」

他掛上電話，靜靜地坐着，很久地坐着。

然後他走到浴室，把衣服一件一件脫下，扭開水龍頭。冷水沖洗着他的頭髮，他的臉，他的全身，赤條條地。

誰看得清彎彎曲曲的肚腸

據說，當最後一片樹葉離開枝頭，人就要死了。

從紐約趕回來的青霜，剛來得及陪伴母親的最後兩三天。

他只見過素安一次，她匆匆趕來，臉色非常憔悴。青霜正在靠窗處與主治大夫低聲細談，素安便蹲在病床前。

「媽媽！媽媽！」

羅紉蘭張開眼來，「素素，好素素。」泛起微笑：「青霜交給你了。」

她全身都是管子。素安用紙巾輕輕抹去她嘴角的流涎，拉起她的手貼在自己腮邊。羅紉蘭一直微笑着看她，累了，又閉起眼昏睡。

第二天，素安趕到病房時，羅紉蘭已神情散渙。

素安眼淚直滾下來：「媽媽！媽媽！」

但她聽不到回答了。

青霜怒不可遏：你現在才來！為甚麼現在才來！你大半天都瘋到甚麼地方去了！

素安感覺到冷颼颼的目光箭似的射滿全身，便把糊滿眼淚的臉扭過另一邊去。青霜只覺身子一會兒燙一會兒冷，心如刀割。

醫院工人要把遺體推出去時，青霜一下子發了狂。他抱緊母親的身體號啕大哭，不讓他們包裹，不讓搬走。護士和雜工們低聲叫喚他：「邵醫生！邵醫生！」說着安慰的話。素安淚如泉湧，只想抱緊他，卻一動也沒動。

十多年習醫，看慣多少生老病死。原來，發生在至親身上，那一剎才真正曉得甚麼是生離死別。胸膛瞬間被割裂，撕着，扯着，把血淋淋的一顆心也挖了出來。痛，痛入骨髓。

天與地，一下子全變了樣。

窩在母親的屋子裏，從客廳轉到露台，露台轉到睡房。到處都是母親的氣味，香水的氣味，身體的氣味，還有，藥和消毒水的氣味。

母親寂寞的時候，他陪伴得不夠。母親痛苦的時候，他安慰得不夠。

他年青的活潑的生命，曾像玻璃球般，一不小心跌至碎裂。是母親替他重又黏貼起來的。但原來，迎着陽光還是照得見裂紋，細細的，扭曲着，像醜陋的蚯蚓的屍體。

他忽然看見花園的鐵柵外有一個人，坐在門前的大理石階上。園丁在不遠處除草，並沒有趕他走。

到太陽落下，四周越來越陰暗。那人還是呆坐着，沒有移動。

青霜嘆了一口氣。那是李節。

羅紉蘭的葬禮驚動了娛樂版的記者，前後熱鬧了兩三個星期。為甚麼是娛樂版？上娛樂版的應該只是那個已經和她沒有關係的，叫做前夫的男人。

那個前夫，望着墓碑上的遺照，眼睛裏沒有一點表情地，靜靜地望着。黃昏，沒有太陽。

那其實只是原來照片的一小部份，把頭部放大了燒在瓷片上。那年冬天，他們終於取得美國幾家大進出口公司的代理權，搬回香港，開設了自己的公司。

「公司叫安蘭，好不好？」邵子雋擁着她：「美麗的蘭花，給我一生的平安快樂。」

第二年初春，西湖蘇堤的桃花剛剛綻開，嫩青色的柳葉仍帶着一點鵝黃，他請旁邊的一個小青年替他們拍下一張照片。他摟着她的腰，兩個皎素的容顏。她的笑容像西湖春水的微波，清澈晶瑩，緩緩地溫柔地在他的心頭流淌，帶一點新葉嫩蓓的微香，叫人深信人世間只有美好。

他也有一張，小小的完整的一張，顏色早已淡褪蒼黃，妥妥貼貼藏在隨身的記事小本子內，沒有人知道。

到她終於懷上青霜，因為愛惜她，不敢碰她。不知如何，那顆蠢動的心一下子跌進了火山口，此後一發不可收拾。到事業做大了，城中美麗的蝴蝶全飛撲過來，無法抗拒。

「是，當然都是別人的錯。」照片上泛着笑容的嘴，竟對他發出輕微的聲音。

捧着鮮花走來的青霜，遠遠便看見離母親墓地不遠處，四個角落都站着保鏢。他遲疑一下，走了過去。

邵子雋回過頭來。青霜側身避開他，穿過他身旁，在墓前跪下，發覺兩個大花瓶都插滿了紅玫瑰，手中的一束竟無處安放。

「你最好別把那些花扯出來丟棄。」邵子雋冷冷地說。

「媽媽不會要你的花。」

「你怎麼知道？你看得透她的心嗎。」

「我當然知道！我是她唯一的親人！」

邵子雋沉默了好一陣子。「墓碑上的照片，是你挑選的？」

「她長年把它放床頭。」

「我希望你相信，」邵子雋看着自己的兒子，平靜地看着。「你母親，是我一生最愛的女人。」

青霜抬頭盯着父親，一直盯着，臉上漸漸透出厭惡的神色：「你以為我會相信嗎？而且現在告訴我這些，又有甚麼意義？」

邵子雋在兒子旁邊的雲石上坐下，掏出小記事簿，打開遞到他面前。

青霜看了一眼，冷冷地說：「她早就把你剪去了，床頭上的照片從來就沒有你的那一半，可知你在她心中的份量。」

邵子雋把本子重又合起來，放進口袋。「實情是，你母親是個非常固執、一直逞強的女人，兩人之間的磨擦也不是一天兩天的事。每一次都得我央求、認錯，討好她，才肯罷休。」

邵子雋抬頭望向天空，灰灰的，一點陽光的影子也沒有。「你不明白。路，是我和她一起走過的，錢，是我們一起拚出來的。這許多年，只有她從不索求，只有她全心全意對我好。我嗜慾太多，對不起她，但我的心一直在她那裏，她不是不知道。多少次，我想回家，要聽她說需要我，捨不得我，張開雙臂接受我。但她就是不肯說一句軟弱的話。不論怎樣刺激她，羞辱她，她還是笑容滿面出現在各種場合。她要向我展示她是多麼堅強，多麼識大體，要我承認永遠無法把她擊倒。」

青霜沒有說話，只是想着，想了又想，想了許久。「這真是我聽過最荒唐的藉口了。」他終於說：「愛她，就是要擊倒她？這般彎彎曲曲的肚腸我想不明白。你告訴過母親你心中的想法嗎？」他把花束放在墓碑旁，站起身來：「她流淚的時候，被病痛折磨着的時候，你在何處？你的話，我一句都不要聽。你自己好好地對她說吧，如果她願意聽，便一定能聽得見的。」

他拍拍褲子上的灰塵，快步離開了墓地。

太虛幻景　天崩地裂

她獨自駕車出去。

車子穿過隧道，走過海邊，沿途沒有看到旁的車子，一輛也沒有。她把窗戶打開，風吹過來，猛烈地吹着，連她想吸入的空氣也迅速被吹走。她整個胸腔於是變得空蕩蕩地，像完全缺了氧，連血液也不懂得流動了。但風為甚麼這樣滾燙滾燙的呢，像烤魚的炭火一樣燒灼着皮膚，熱和痛一直鑽到骨子裏。也許她該關上窗，調節冷氣。但那種炙刺的感覺，不知甚麼原因，卻令她一邊痛着，一邊暢快着。

她並沒有一定要去的地方。走甚麼方向對她來說都是一樣的。

這半年發生了許多事，外公病情加劇，他的母親不在了。在母親的喪禮上，青霜不是憔悴，他是絕望，像紙糊的假人，像被抽去了靈魂的屍體。她幾次想伸手輕撫他，肩膊也好，手指也好：「青霜，我在這裏。」

但她的存在，對他而言，真的重要嗎？

她想看他的眼睛，那兒或者可以透露一點消息。但她沒有轉過頭去，只是在他身旁靜靜地站着。兩個人，沒有交流的陌生人，按着禮儀規規矩矩地把一切都辦理妥當。在外人看來也只是傷心得麻木了吧。

她聽到自己的嘆息，悠悠地從心中肺中吐出來，慢慢隨風散去。在這樣靜寂的晚上，聽到自己嘆息的聲音，證明自己還活着，也是值得安慰的事吧。於是她又嘆了一口氣。

然後她看見車前不遠處飄着幾點小小的光芒，藍綠色的光，像小野獸的眼睛。被強烈的車燈照射着，那光卻沒有減弱，也沒令它們有一點點害怕的樣子，（如果真是小野獸的話）。它們忽高忽低，像竄跳着的小狗或者狐狸，有時跑得遠一點，迅即又回來，徘徊在車子的前方。

路越來越狹，而且一個急拐彎迅速又來一個急拐彎，接連幾十個。她不得不專注地抓緊方向盤。這使她漸漸忘記皮膚上的灼熱，空氣似乎又重新進入她的肺裏。到彎路走完，她才發覺那些藍綠色的螢光不知甚麼時候已經消失了，天空開始透出晨曦淡淡的影子。她把車子一直向前開去，事實是，一旦進入這條小路，就再也沒有旁的路。左邊是深塹懸崖，另一旁則全是岩石和陡坡，也有高大的林木叢，把所有通道都封死了。只有這條狹窄的小徑勉強可以容小跑車通過，要拐回頭卻是一點辦法都沒有的，除非把車子刮得遍體鱗傷。她反倒覺得這樣剛好，沒有選擇，不許回頭，只能一直往前走。

樹木越來越茂盛，密密長滿山坡，松樹、柏樹、老榕樹，粗大的樹幹上扭曲着許多樹瘤，似一張張鬼臉，數落着蒼涼的歲月。濕冷的空氣混着枯葉在泥土中腐爛的氣味。車子走了好久好久，路又逐漸寬闊起來，再拐兩個彎，前面竟有一排老房子。

白粉牆的老房子，墨色屋頂在初陽下綿延出柔美的曲線。有許多花，各種璀璨的顏色，大叢大叢地在屋前盛開着。

她不禁停下車來，深深呼吸，滿山野都是花和野果的甜香。

房子的大門忽然打開了，走出個小小女童，五六歲的樣子，趕過來仰起頭兒笑。女童拉起她的手，緊緊地拉着，也不說話，只要把她拖進屋子裏。小裙子，齊眉的劉海下是花一般小圓臉，叫她無法拒絕。

女童拉着她穿過花園。牡丹花開得燦爛，桃花李花的殘瓣漫天飛舞，荷花卻亭亭地開滿池塘，再走過去是一大片臘梅、紅梅、白梅，株株怒放。

她忽然停下了腳步。

這是甚麼地方？一年四季的花都盛開着！

那小女童輕輕地放開了手。

從沒見過這般美麗的園子，彩霞的顏色流瀉在花枝上，葉子上。她的身子彷彿被風，還有混在微風裏的馥郁，推着擁着包裹着，沿着斜坡走進茂密的竹林裏。竹樹很高很高，葉子頂入穹蒼，變成一大片綠色的雲在天上搖盪。

森森的竹叢裏有一座小廂房：「夢香閣」，用瀟灑流麗的瘦金體寫着。真是那位著名帝王的手澤嗎？她不由自主地走了進去。

昏暗的房間，垂着厚厚的簾子，不透一絲陽光。只有小紗燈勉強照出室內的陳設，小香爐薰出滿室細細幽香。房中央是一張長榻，牡丹繡枕，鴛鴦戲水薄棉被。壁上還掛着書畫對聯，引得她忍不住湊近細看。

那是一幅唐伯虎畫的海棠春睡圖，兩旁配一副對子：

嫩寒鎖夢因春冷
芳氣襲人是酒香

她的心猛地一跳，這對聯太熟識了！那是秦可卿閨房的飾物，賈寶玉初試雲雨情之地！她急忙轉身要退出房間，卻見一個少女捧着小茶盤，正含笑走進來，後面一個女子嬝嬝娜娜地移近。她穿一身天青絲絨旗袍，淡淡的妝容。雖然已近中年，卻是令人目眩的絕色。女子取過茶盅，雙手送到她面前，微笑道：「抱歉，讓小姐久等了。請用茶。」

她含笑道謝，接過茶，一陣蘭花的清甜香味沁入心肺，忍不住啜了兩口。抬起頭來，那女子正對着她微笑。那雙眼睛，奇怪地，似被彩霞照射着的玻璃珠子，燭光般晃搖不定，她越想看個明白，那顏色便越是邃幻無窮，竟似紅黃藍綠五色繽紛。她趕緊閉上眼，一手扶着前額。

「你先歇一歇。」女子笑道，取過她手中的茶盅：「我稍後再來看你。小蠻，扶她過去。」

少女把她放在長榻上躺下，蓋上被子。模模糊糊聽見關門的聲音，房中便靜悄悄的再無聲響。

累，她累得全身都沒了力氣，卻又掙扎着，警惕自己千萬不可入睡。然後便隱約有幾聲叮咚的琴音，似有人正在調弦，不一會便緩緩彈奏起來。如淺水在碎石間流淌，如靜靜的湖面泛漾着月亮的銀光，琴聲溫柔地輕撫她繃緊着的神經。她閉上眼，發出一聲長長的嘆息。

朦朧中有人用手輕撫她的臉頰，溫熱的手掌，青霜的手掌，又似乎不是。和暖的呼吸悠悠吹到她腮邊，青霜的氣味，又似乎不是。她拚盡全力才勉強半張開眼，陡然一驚。那確實不是青霜，這人的臉近在咫尺，兩粒眼珠子幽幽泛光，神情卻非常倨傲。

他俯下身子，細細審視她的臉，又用鋒利的目光掃過她全身。像在掃描機裏被照得透明，她只想抓緊被子，卻發覺手腳全不能動彈，張嘴要呼叫，也吐不出聲音。恐懼一刹間把她擊倒了。

「終於見到你了！」他忽然輕笑，高冷的神色瞬間變得柔和。他坐上長榻，看着她，看了很久。然後側着身子躺下，就在她身旁，又起一隻手支着後頸。她連忙閉上眼睛。

「你為甚麼害怕我？」他伸手撥開她垂額的髮絲：「胭脂淚，留人醉，幾時重？那個粉雕玉琢的女孩兒，才三四歲的樣子，把我帶淚的詩詞當兒歌唱。你不記得了？」

她倏地張開眼來，驚叫，喉間卻沒有一絲聲響。

他卻笑了：「可不就是我？我那些心傷的句子，竟被清脆可愛的童音唱得快樂又天真。你唱完一首又一首：無言獨上西樓，月如鈎……我聽着聽着，不知何故，也就跟着你唱起來，一顆心竟似琉璃般澄明。多少年了，從不曾這般放鬆過。原來，我的詞就應該這樣唱，天使般的聲音，從雲端瀉落，像橫跨過天際的彩虹，幻出無數顏色，霑着雨後的溫潤。」

他睋起眼，彷彿彩虹正拂過他的臉容。「但到你長大了些，我卻聽到你為我嘆息，感染着詞中的愁緒，成長真是可怕的事吧。每次你想我，低吟我的詞句，我都忍不住走到你身旁，可惜你總是不知道。」

他用手指一下一下地掃着她的眉毛，「美麗是瞬間的，尊榮富貴也不長久。人生長恨水長東，我失去的太多太多了。」他深深嘆息。「但我感受過的歡樂和悲傷，卻是永恆的記憶，它融在我的詞句裏，世世代代，成為不朽的印記。」

他沉默了一陣子。

「你知道嗎，我一直惦念着你，你是我記憶中的一部份。」他解開她的髮夾，輕輕圈玩着她的頭髮：「警幻仙子一直求我，把我請來，要帶走你的悲傷，不忍你日漸憔悴。放下執念吧，釋放你自己。你真是最愚昧的人，懊惱着追不回來的過去，擔憂着無法預卜的未來，卻把目前最寶貴一刻忘記了。」他湊近來，幾乎貼到她臉上：「我從沒見過這樣的眼睛，你怎會有這樣的眼睛？迷離地藏着多少說不出來的話？你在想甚麼呢？要說些甚麼呢？也許你願意說給我聽。」

於是他開始吻她，吻她的眉毛，她的眼睛，她的臉。把她的衣裳一件一件褪去，小心地溫柔地，拋在地上。

她僵了的身體卻完全無法抗拒。

「為甚麼哭了？」他停下來，「當你剛剛長成，就開始深深戀慕着我。現在，我來了！

今天以後，恐怕再也不能相見，千年萬年，屬於我和你的時間卻只有這短短的時辰。我為解開你的心結而來，從今以後，你婚姻的天平便不再傾斜，你會得到完全的釋放，可以自由地享受全新的生命。這是我唯一能為你做的事了。」

他把身上的袍子抖落，裏面原來甚麼也沒有。她見到極白極白的皮膚，悲情的白，像淒涼的月色。她急忙又再閉上眼睛，緊緊地閉着。

但床榻卻突然搖動了——毫無徵兆地急劇晃動起來，她驟然睜開了雙眼。

那人也怔住了，睜大眼望着屋頂上的紗燈，它在急促地亂晃。屋子裏所有東西都在搖晃，猛烈地互相碰撞。花瓶、香爐、古琴……一件連着一件摔落在地，發出轚碎爆裂的聲音。

那震動越來越強烈了，屋頂開始裂開，在她眼前迅速爆裂。裂縫越來越大，不是一兩條裂縫，而是許多許多裂縫。整個天地都在怒吼咆哮，灰泥大塊大塊拋落。

「地動了！地動了！」那人駭聲大叫，一團磚塊打中了他的臉頰，傷口處有液體流了出來，黏稠的透明的液體，似融化了的透明玻璃。他驚跳落地，抓起袍子披捲着赤裸的身體，瘋子似的奪門而去。

她，一個人，身上除了灰泥，一點掩蓋都沒有，不能移動，不能叫喊。然後整個天花和牆壁轟然倒下，磚頭、木屑、泥塊，一團又一團，接連打在她的頭上和身上。

她卻非常清醒，並不特別驚慌，被泥磚雜物壓着也不怎麼疼痛。地震持續了好一陣子，停一會兒，又連續震動了幾次。然後，不知過了多少時候，四周便異常寂靜。

那個人，她想，跑往甚麼地方去了？那嬌媚的女子和小女童，又去了何處？沒有人來看她。他們本來就是與她一點關係都沒有的陌生人，急難中無暇理會她的生死，也非常合理。

如果地震沒有發生，現在會是甚麼情景呢？她想着，想着，忽然笑起來，哈哈地笑，不可抑止。嘴角的灰泥嗆進咽喉，叫她不斷地咳嗽。然後她發覺自己原來可以發出聲音了，急忙試着移動雙手，推開堆在身上的磚泥雜物，慢慢爬起來。

她找不到自己的衣服，一件也沒有，大約早被埋進了地底。幸而除了破碎的磚瓦，遠近都沒有人，而且她全身都蓋滿了灰黑的泥塵，只要快快鑽進車子，便可以趕回家去。

想到車子，她開始慌了。她赤着腳，在破堆中沙礫中艱難地爬着走着，碎裂的磚塊刮破她的皮膚。她不顧一切地盡快趕往屋子外，就是那堆本來叫做屋子的爛頹牆外。在原來停車的地方，她——的——車！被壓在一大攤亂石和山泥下，扁扁地，只露出半隻破輪子。

恐懼一刹間冰透了她的心。

她不知道這是甚麼地方。她與外間完全隔絕。

她全身一絲不掛。她不知道怎樣可以回家。

她聽見自己的哭聲，大聲哭着，慌亂而無助地叫喚着一個人的名字。

這個人，卻不會聽到她的聲音。

他不再理會她了。

繞樹三匝　無枝可依

母親葬禮之後不久，青霜到醫院的深切治療部去診視一個病人，竟在走廊碰到玲姐。

「玲姐？」青霜詫異：「怎麼在這裏？」

「老太太在裏面。」

青霜吃驚。「甚麼事？」

「浴室裏跌倒，頭骨碎裂，脊椎也受傷，腦裏積了血塊，心臟也不好。動了好幾次手術，還沒醒過來。」

「甚麼時候的事？怎不告訴我？」

「小姐說你在紐約開會，不要煩你。」

青霜倒抽一口冷氣。

怪不得那麼憔悴，怪不得趕不及來見母親最後一面。折騰兩個多月了，他還為此一直生氣，一直在怨她恨她。

母親說過：「你平常脾氣最好，怎麼老是跟她嘔氣？」

青霜仰起頭，深深呼吸。

「我趕着去看一個病人，回頭再來。」他匆匆離開。

那病人的肚子脹得似皮球，尿一點都排不出來，積水已頂過腹膜。青霜用勁替他搓按，擠出了好幾千克尿液，又立刻聯絡心臟科醫生，安排去照心肺，積水若進入心臟會很麻煩。處理妥當後已過了深切治療部探病的時間，素安早已離開了。

青霜走到岳母的病房，躺在病床上的人瘦了些，卻不特別憔悴，身上插了許多管子，正安靜地沉睡。也許有夢吧，背叛的丈夫，疏離的女兒，沒心肝的女婿，都與她全不相干。她的夢應該比醒着時的每一刻都寫意得多。

為何沒有夢的紀錄儀，為何不可以把夢境錄下來，放在屏幕上，藏進手機裏。

青霜捧着鮮花來叩門。

讓一切重新開始吧。

玲姐卻冷着臉遞給他一本雜誌：「小姐說，這個給你。」

雜誌的封面是城中剛選美出來的冠亞軍小姐。青霜被擠在正中，斜垂着頭，大眼珠藏在長睫毛下面，捧着酒杯含笑，許多溫柔，無限綺膩。

前天醫院籌款晚會，青霜去應酬了小半個鐘頭，捐了錢，被拉着寒暄了幾句。他不知道被誰拍了照片，竟然還上了封面。一定是因為他有個在娛樂版上鼎鼎大名的父親，如今子承父趣，甚或父子同歡，焉能不吸引許多閒得無聊的人。

他看着玲姐，說不出話。連一向疼愛他的老傭人，也不再相信他了嗎。

那般傷心的眼神，叫玲姐心軟了：「少爺！青霜少爺！」

青霜只覺得疲倦，他把雜誌丟地上：「是，那是我！」把抱着的花束塞到玲姐懷裏：「麻煩你把這個也扔進垃圾箱。」

司機把他送到市區，他叫司機下班，自己上了診所。整幢大廈的辦公室都關門了，四周靜悄悄地。他在黑暗裏坐着，坐着，忽然悲從中來。

繞樹三匝，無枝可依。

他錯了，一直都錯了。因為不懂玩，才會受苦。

從一開始就不夠瀟灑，吃過了苦頭，還是不懂得玩。反變本加厲地追求完美：要才華卓卓，要皎潔如璧，要意氣相投，要許多許多愛，要一個知心人，生命中的知己……

但你可配得上這神仙般的人物？至少你並非潔如白璧。

今天的磨折，原來是活該。

深夜，他終於離開了診所。週末的街道依然非常熱鬧，人人都興高采烈。是呀，人生苦短，不樂又如何！他忽然微笑，沿着斜坡向上走去。兩旁都是酒吧，擠滿了各式各樣的男女。

他挑一家安靜點的，走了進去。

幾杯下肚，青霜一張臉都是胭脂色，大眼有點迷離，像湖水上漾着薄薄一層春霧。

一個粉紅色女郎走到他面前：「嗨！」

青霜看她一眼，又呷了一口酒。

女郎伸手把他的杯子拿過來：「這已是第四杯。你喝太多了。」

青霜失笑：「你替我數着嗎？」

她湊近來細細審視他，一雙濃妝大眼，在燈光下藏着兩顆黑珍珠。

「看着眼熟，但我從未見過你。你是誰？一向躲在哪裏？」她對他笑，露出小小的犬齒。

「被女朋友甩了？沒事，天還沒塌下來。」伸手要撫他的面頰，青霜側頭避開。

「君子！」她嘻嘻地笑，輕輕搖盪着身子：「岳不群嗎？」

四周越來越吵。神情恍惚的他只看見兩片紅唇在眼前張張合合，像極了一尾活潑潑的鯉魚，不停在水中搖擺，厚嘴唇吸啜着水珠，隱約有幾聲喽喽喋喋的微響，卻完全聽不清說的是甚麼。唇色塗得有點過份了吧，烈火般的熾紅，耳邊兩串銀珠子也太長了些，不住的晃呀晃。

人的心會不會也被晃亂了。

近在咫尺，她身上的熱氣全向他撲過來，俗艷原來也有動人之處。

青霜忽然覺得煩躁。他的苦只有自己知道。

反正在素安眼中，自己早已是不乾不淨的人，再污濁也算不了甚麼。

女子側頭看着他，然後倚過來，笑盈盈地挽起他的手臂。

冬夜，下着小雨。熱鬧的酒吧街卻擠滿了人，年青的，不很年青的，男人和女人，中國人和外國人，捧着酒杯大聲地笑，深深地吻。明天也許有和暖的太陽，也許會下雨。明天總是新的一天，你會記得我也許，我的記憶卻全被漂白了，也許。

女孩挽着青霜的手臂，忽然低聲哼唱起來：

Come away with me in the night
Come away with me
And I will write you a song.

歌聲非常低沉，像被誰蒙住了鼻子，透不過氣。

I want to walk with you
On a cloudy day
In fields where the yellow grass grows knee high

青霜突然停住了腳步，仰起頭來。冰冷的雨，溫柔的雨，灑向他灼熱的雙頰，清涼的空氣衝進他的心肺。

我要與你在密雲滿佈的日子裏同行，同行在野蔓及膝的黃草地。

但與之同行的，並不是這個人。

他從她的手中滑脫出來。「我太太回來了。」他說，抽出幾張鈔票塞進她手中：「過兩天一定來找你！」

他逃回母親的舊家。

可以看到月亮的背面嗎

暮春，遠山半隱在冉冉的雲煙中，清晨的山野浸着濃濃霧氣。素安披着長袍，彳亍在山間的小路上。濕霧一波波湧過來，幾乎淹迷了山徑。當溫暖的太陽漸漸驅散了濃霧，她才發覺滿山滿谷都是鮮花，桃花、李花、梨花、櫻花，和各種叫不出名字的野花。有些剛開，有些將萎，一層層點綴在山坡上。微風掠過枝頭，五色花瓣便在空中飄飛，纏着她的頭髮，落滿她的雙肩，也厚厚地積蓋着潮濕的泥土。

東方的詩人說：「人言秋悲春更悲」，西方的詩人也悲嘆：「四月是最殘酷的月份」。這無邊的花海，過得十天半月便要零落淨盡，璀璨繁華逐漸消逝，留也留不住，只有哀愁摧人心肺。

明年，同一棵花樹上，花朵又會盛放吧。但那已經不是今年的那一朵了，它已揚作灰，輾成泥，所有的明媚鮮妍都不復存在。

她，以及曾令她深深沉醉過的愛情，也只不過是春天裏的一朵花，開過了，便會無聲無息地枯萎。

這一年發生了許多事，外公的病越來越嚴重，母親沒了知覺，而他的母親已不在了。本來應該互相安慰的兩個人，卻只是規規矩矩地把一切都辦理妥當，各自忙着舔自己的傷口。

她心中的寂寞和悲傷，廣似穹蒼，深如大海。

他的心，也已經冷了吧。

此後，在寂寞的山野裏，花仍會無聲無息地盛開，無聲無息地凋謝。只有蜜蜂知道花開了，蝴蝶也會來，牠們才真正憐惜着花朵。

素安漫無目的地移動看疲怠的雙腳。前面不遠處，突然出現了一個人的背影。英朗的背影，穿着她給他買的藍色風衣，氣宇軒昂。

那是青霜！

她一驚，又覺歡喜，忙追趕過去，一把拉緊他的衣袖。那人回過頭來，是個長眉秀目的美男子，卻不是青霜。

「林小姐你找我？」對着她微笑。

那人，素安想起來了，是父親的朋友，叫吳少邁。

素安忙鬆開手：「對不起，我認錯人了。」

吳少邁卻一反手緊緊捉住她：「我可沒有認錯呢，你的前夫是邵青霜。」

素安用力掙扎：「他是我的丈夫，不是前夫。你放開我！」

「你說謊，在騙我嗎！」吳少邁輕笑道：「你早就不要他了！大好年華，別再荒廢了！

我帶你往桃花源去，我的船就在轉角處。」硬拖着她往河邊走。

素安急得哭叫：「放開我，放開我！青霜青霜！你在哪裏？」

「他就在你背後呢！但他和你已經沒有關係了！你死了心吧。」

素安哭着扭過頭，青霜果然在她背後不遠處，正飛步跑來，一邊揮手大叫：「放開她！放開她！」

吳少邁冷笑一聲，一手把素安拽到身後，飛起一腳，青霜忙向旁閃開。吳少邁另一隻手隨即向上一揚，白光急閃，卜一聲，一把飛刀正中青霜的心臟，他整個人直挺挺的向後倒去。

素安嚇得尖叫，掙扎着要奔過去。吳少邁用力拖着她走到屍體前，冷笑道：「終於死了！讓我把他一片片割下來，洗乾淨了再送給你吧。」

「不要！不要碰他！」

吳少邁嘿嘿地笑，彎身把短刀從青霜的身體裏抽出來，刀尖顫巍巍地竟拉扯出一顆心臟，滴着血，微微冒着熱氣。

「咦，這顆心原來早就碎了！只剩下外面一層薄膜包着！」他覺得惡心，放開素安，右手用力一甩，血淋淋的一顆心脱出了刀尖，直向素安撲去。素安慘叫一聲，雙手去接。連人帶心仰倒在地上。

素安號哭，一身冷汗，在床上喘氣。

青霜死了！

她哭了許久許久。到慢慢清醒過來，只覺頭痛欲裂，衣裳枕頭全都濕透。青霜死了嗎？她又流下淚來。她是崎嶇路上一隻茫然無主的孤魂。她顫抖着磨進浴室，把蓮蓬頭扭至最大最熱，由頭髮直灼燙至腳跟。再躺在床上已沒了力氣，只得按鈴呼叫。玲姐急急跑上來，看見她通紅的臉，嚇了一跳。

素安無力地笑一下：「只是洗了個熱水澡。」咳嗽起來，額上暴出青筋。玲姐用手按上她的前額，連忙縮回。

「小姐，你燙得厲害。」

素安閉上眼。

「我去把少爺叫上來。」

素安勉強又張開眼來，瞪着玲姐。

玲姐遲疑着：「青霜少爺剛到。」

素安咳着看她，一臉疑惑。

「少爺説記得今天是我五十歲生日，大清早就親自送來花和蛋糕，説是順路，先送來再去醫院。」玲姐嚅嚅：「我沒讓他進屋裏，小姐，他還在廚房外邊的停車場。」

素安重又閉上眼。

「那我讓他上來？」動手匆匆整理一下凌亂的房間，替她換個乾淨枕頭。「小姐？」

素安只得嗯了一聲，頭痛喉痛，全身虛冷，不再説話。

朦朧中有手指按上她的腕脈。

「玲姐，叫司機把我車上的公事包拿來。」

素安覺得有人要掀開她的衣裳，忙交起手緊緊捂着。

「我是醫生。」他說，輕輕拍打她的手：「讓我聽你的心肺。」

她遲疑着，也無力反抗。

到她真正清醒過來，房間裏只開着一盞小燈，樓下飄來食物的香味。她想叫玲姐，已聽到輕微的腳步聲。

房門沒有關上，來人敲了敲門，逆着光，只是一個高大的身影。

「我可以進來嗎？」

素安幾乎滾下淚來。

他走到床前，彎身送來一張帶笑的臉：「醒了？舒服一些了吧？」

素安閉起雙眼：他沒有死，她又看見他了。

青霜替她探熱，量血壓。

「放心，沒事，休息幾天就好。」伸手按鈴：「玲姐，把粥拿上來吧。」

玲姐上來，把素安扶起。青霜抱來兩個枕頭塞在她背後，在床邊的椅子上坐下來，拿起小桌上的粥碗。玲姐微笑，躡手躡腳走了出去。

青霜用小湯匙勺起半匙粥，吹去熱氣，遞到她唇邊。

素安別開臉：「醫生不必餵病人吃飯。」

「我不只是你的醫生，」他啞聲説道，「即使你不要我了，照顧你仍是我的責任。」

這話如刀子般剜着素安的心，她努力瞪着眼不讓淚水滾下來，卻仍是大滴大滴跌落。

青霜抽出紙巾，默默替她抹拭。越是這樣，她的眼淚越流不乾。

再回頭是百年身。兩人心中都覺絞痛。

素安慢慢止住了抽咽，直起身來。

「我自己來吧。」她説。

他默默把碗交給她。

素安發嗔：「你瞪着人家，怎麼吃！」

邵青霜嘻哈一笑：「OK，OK！我也得趕去醫院，明天再來看你。」完全是個細心的醫生：「別忘了按時吃藥。」

玲姐上來收拾盤碗，給她餵藥。

素安沉默良久，問：「他一直在這裏嗎？」

「去了診所，六點多才回到這裏。」玲姐回答得小心翼翼，「我給他弄了晚飯。」

素安微笑：「滿屋子都是蘿蔔絲鯽魚湯的味道。」

玲姐也笑了：「少爺喝了一大碗湯，清蒸石斑魚吃了一半，好幾塊紅燒肥肉，又喜歡銀芽筍絲炒鮮菇，哦，還有素菜沙拉。」

「還是那麼愛吃。」素安嘟噥着，突然想起：「對不起，玲姐，忘了你的生日。他給你送甚麼？」

「給我紅包，一盆君子蘭，還有栗子蛋糕。小姐可要吃？」

素安嘆口氣。「明天吧。給我擦個臉，我要睡了。」

素安躺下來時，嗅到枕頭上古龍水的氣味。那是她熟識的古龍水，她一直都只給他買這個牌子。

第二天青霜一早來看她。素安很清楚他的時間表：六點四十五分起床，游泳、沐浴，八點鐘吃早餐，九點出門往醫院巡房。聽見他在樓梯的腳步，素安掃一眼時鐘，近八時十五分，沐浴後便趕過來了。

廚房飄過來煎蛋的香味，素安不禁微笑。

青霜刮了鬍子，清新靚亮，身上一套淺灰色西裝，珍珠色襯衣，土棕配天青小點子的領帶，都是她常為他配襯的色調。

「怎麼樣？」笑着問。

素安別開臉。

「今天覺得怎麼樣？」一邊替她診脈，量血壓，看喉嚨，又把聽筒掛上，示意她打開上衣的紐扣。

素安靦腆：「還要聽嗎？」

青霜依舊笑嘻嘻：「你常常問醫生這樣的話嗎？」冰冷的聽筒已按上她的胸膛。

「熱度退了好些，記得多喝水。」望着她，低聲道：「讓我陪你吃早餐可好？」素安一下子不知怎樣回答。

他從衣櫃裏把袍子拿出來：「起來，到樓下去曬曬太陽。」扶她起來穿袍子，繫上腰帶，從妝台上拿起梳子給她理頭髮，用橡皮圈束起，駕輕就熟地處理着一切。他小心翼翼不去觸碰她的皮膚，但靠得那麼近，清楚感到對方的呼吸，兩人都緊張得出了一脊背的汗。

玲姐把早餐放在玻璃花房，不會吹風，又有暖暖的陽光。素安深深吸了幾口氣，看到那盆君子蘭。

「你倒記得玲姐的生日。」

「每個人每件事我都記着。」

看到素安驟然蒼白的臉，連連道歉：「素素，聽我說，我……」

素安微笑着坐下來：「快吃！你要晚了！」

青霜懊惱得要殺死自己。素安反而殷勤地替他在麵包上抹黃油，咖啡加奶，盤子上兩隻煎蛋剔去一個蛋黃，略略灑上海鹽。青霜把已去了皮的蘋果切成小方塊，橘子撕去脈絡，草莓去蒂，五顏六色盛在琉璃盤子裏，放到她面前。彷彿又回到初年，溫馨的甜蜜的日子。青霜再不敢說話，只低頭吃着。半天，抬頭看着她，忽然把叉子上的一塊煎蛋送到她唇邊。素安微一遲疑，張口吃了，卻側過頭忍住了淚水。青霜只裝作看不見。

他的手機忽然叮了一下，他看到信息，抹着嘴站起來：「對不起……」

素安搖搖手：「都明白。司機在嗎？」

他點頭，伸手撿起黏在她衣服上的一根頭髮，丟進旁邊的廢紙筒：「我傍晚再來。」想一想，又說：「不舒服就給我電話。」看她一眼，轉身離去。

傍晚青霜來時累得像團泥。「預計三個小時的手術，做了五個多小時。還好還好。」開心地笑。

他替素安檢查，熱度已經消退，抗生素仍然吃着。「咳嗽得多幾天，」他說，「肺很乾淨，喉嚨不痛了？」蜷在沙發上：「我休息幾分鐘。玲姐，吃飯叫我。」

玲姐取過薄被子替他蓋上。素安坐在偏廳的椅子上，遠遠地看着他。忙碌了一天的臉，帶點令人痛惜的疲倦。這個人，曾是她的陽光，她的空氣，她生命的全部。為甚麼糊裏糊塗就到了這種尷尬的境地？因為太容易就結了婚，所以也太容易就嚷着要離婚？他心裏還有沒有她？她呢，是否還愛着這個人？

近來她常常做夢：地震的夢、青霜被飛刀刺死於夢……夢境有點不堪，甚至是不可原諒的。為甚麼這些人會走入夢裏？她的心遊盪到甚麼地方去了？

心靈出軌，也是婚姻中的一種罪吧？

素安突然覺得如墮冰窖。

原來在他們的婚姻裏，不潔淨的也許並不是青霜。

青霜睡了大約十多分鐘就睜開眼。但他有點茫然，醒來不知身在何處。看見素安才笑了，爬起身，被子跌在地下。

素安忙走過去要替他撿起，他也正要彎下腰，兩顆頭幾乎碰個正着。青霜一手扶着她：「你忙甚麼，我來！」

撿起被子，疊好，抱在身上。忽然皺一下眉。

「去洗個澡。」

素安揚起眉毛。

青霜笑了：「你去洗個澡。」

素安靦腆，「很臭嗎？」

「香香公主一樣。」半推着她上臥房。也不叫傭人，自己往浴池裏放水，毛巾衣物全妥妥當當，便回過身來看着她。素安發嗔，把他塞出浴室，關上門。

「門別鎖，」青霜笑道，「暈倒即來救你。」

素安泡在熱水裏，腦子也被蒸氣薰得不懂思想。故事中常有人在浴盆中死去，死時有他近在身旁，也算是不太壞的結局。

她黯然。這幾天在病中，特別脆弱。

聽到電吹風筒的聲音，青霜敲敲門。

「進來吧。」

穿着袍子的素安坐在鏡前，青霜從她手中取過吹風筒，拿梳子替她整理頭髮。頭髮只到肩上，天然圈鬈，稍稍吹乾就很漂亮。

素安看着鏡中的他。他做甚麼事都非常專注，對任何人都一心一意，在外人眼中，就是情深款款的樣子。才三十歲，在醫學界已漸有聲譽，家世、財富、相貌、文武俱能、風趣調笑……你能禁止滿園花草都爭着向他媚放嗎？你能再次忍受提心吊膽、日夜猜疑的日子嗎？

素安暗中嘆氣。

都說聽從你的心，古人說的隨心所欲。但她連自己的心都糊塗，她的所欲與他心中所欲，是否隔着耿耿銀河，是否兩條永不交集的平行線？

青霜抬起頭，看見她在鏡中發獃，便伸手指彈一下鏡子。素安眨眨眼，對鏡中的他一笑，站起來道謝。

青霜卻不讓開，相距不過咫尺，他身上的熱氣都快撲過來了，素安有點手足無措。

「我想抱一抱，」他低聲道，「就只抱一抱。」

素安不敢回答。玲姐的聲音適時從對講機傳來：「小姐，現在吃飯嗎？」

素安連忙答應，邵青霜只好移開身子，跟在她後面。

看，玲姐也不幫你的忙！素安覺得有趣，不禁微笑。

素安半夜矇矓醒來，發覺與臥室相連的小偏廳有微弱的燈光。

誰？是他守在門外嗎？

她披衣起床，走過去。一個淡淡的影子坐在椅子上，柔弱的光線照着他一頭白髮。

「公公！」素安驚喜，「你甚麼時候來啦！」跑到他腳邊跪下，頭枕在他膝上。

外公撫着她的頭髮：「公公不放心你，就過來看看。」

素安有許多話要對他說，卻一句都說不出口。

「我都知道，」外公嘆氣：「你不再喜歡青霜了。」

素安急忙搖頭：「不是的！不是的！」

「那你這年多來不停折騰，又為了甚麼？」

素安說不出話來。

「是我的錯，管你太嚴，保護你太多，一不遂心就要走極端。你恨他不像你那樣冰清玉潔。但事情既然在他認識你之前就已發生，你要他怎樣才能重生一次，好給你嬰兒般純潔的身體呢？」

她的眼淚緩緩流下。

「這心結解不開，兩個人怎能長久。你想要公平，這些年你也有許多機會，為何又不去釋放自己？」

是怕一旦釋放了，婚姻便徹底地破碎了。

「你還是捨不得他，是吧？也許你該換一個角度來看這件事。」

素安想起初夜，青霜擁着她，眼中含淚。當時只覺奇怪，一點都不明白。

他也有吐不出來的苦水吧？猝不及防地被戲弄了，又猝不及防地被拋棄了。

純真的小男孩，是否也和純真的小女孩一樣，珍惜自己，希望保留最好的交給最愛的人？

郁達夫說，男孩給了日本的肥胖妓女，然後心痛流淚。

素安覺得冷。

而她的心，因憤怒而蠢動着的心，是否曾經背棄過婚姻？背棄過的心，還可以維持純淨的夫妻關係嗎？

心靈出軌，對婚姻而言，是否比肉身出軌更嚴重，更不可原諒？

「上帝創造不出百分之百完美的人，過去不可追，明日不可知。你要保證甚麼？你敢保證一生一世只愛一個人？你敢保證到那個人老了醜了，病了，癡呆了，仍然深愛他，一點也不會煩厭嗎？」

素安只是咽哽。

「婚姻，是人生中最難經營的事了。挨得過貧窮，共享得富貴，耐得住平淡，拒得了誘惑，卻經不起猜忌。比你年輕美貌的人很多，比他優秀的人也不少。如果彼此不放心，怎能算是相愛？」潘老把她扶起來，目光看進她心底：「有兩件事你得想清楚：青霜的過去，其實與你無關，如果一定要糾結，還不如一刀兩斷。第二，他太優秀了，當然會有人喜歡他。留住一個人的心是超凡的智慧。若連最基本的自信都沒有，也應該及早抽身。這兩件事不能疏理好，別勉強留下。」

他站起來，撫着她的頭髮：「你愛誰，愛多深，只有你自己知道。你最缺少的是甚麼，心中真想要得到甚麼，素素，你自己去尋找吧。」

他向窗口走去。素安想拉住他，他卻一晃眼從窗台上跌下去了。

素安嚇得大叫，從枕上彈起，一身冷汗。

到素安完全康復，已是週末。

邵青霜還是每天早晚來，素安覺得拒絕的說話很難開口。最充滿活力的是玲姐，每天變着花樣做他愛吃的菜，還特別為他買了新拖鞋，來到就換上，愛坐就坐着，愛躺就躺着。他又跑到廚房跟玲姐芬姐聊天，嘻嘻哈哈地笑。素安在外面雖聽不清他們說甚麼，但聽到笑聲，有時也禁不住莞爾。

這樣算甚麼呢。

這星期天他來吃過早飯又去一趟醫院。下午三時多突然跑回來按門鈴。

「少爺！」連玲姐也詫異，這不是他平日的時間。

素安看着他蒼白的臉，禁不住走過來：「你怎麼了？」

他看着她，突然把頭靠在她肩上。素安一呆，雙手不知何處安放。

青霜也立刻站直身子，啞聲道：「他死了！」

誰？

「前幾天明明開始好轉……」

素安陪他坐到沙發上。行醫已經多年，還這樣感性，她不禁惻然。

「我用盡一切方法，救了他半年多。才十九歲。」

素安默然。這種事，也不是第一次。

但，對死亡怎麼會習慣呢，就像對寂寞永遠不會習慣一樣。

玲姐拿來熱毛巾給他敷臉，素安吩咐她把兩杯紅酒送到玻璃花房。

一盆小小的蕙蘭綻出好幾個蓓蕾，已漾着幽幽的香氣。

青霜神情萎靡：「我這一生，總在犯錯。理想也好，善心也好，到頭來都成了錯事。」

素安呷着紅酒，靜靜地聽着。

「學醫是錯吧，每見痛苦和死亡，都要低落好久，為別人的不幸哀傷，折磨着自己。愛你也是錯吧，讓你一直不開心。我想，離開也好，你可以活得自由自在些。但也許又是錯了！這一年，希望你還快樂吧。至於我，」長長噓了一口氣。

素安別過臉。

「每天帶個笑臉安慰着病人，都說我開朗又細心，是個快活人。我的瘡疤要展示給人看嗎。」

他忽然站起來。「我想去跑一圈，我的運動鞋還在？」

素安點頭，轉身離開。我快樂或悲傷，你介意過麼？

她把盒子拿來，是一對最新款的超薄皮運動鞋。

青霜驚喜：「多漂亮！」連忙試穿，跳幾下：「特別給我買的？」

素安有點忸怩：「我喜歡那對女鞋，見男款也好看，一時興起就買了。」付錢時想到再不能送給他了，還哀傷了好一陣子。

青霜催她：「快穿上，我們一起出去。」

「我哪裏跑得動。」

「我陪你散步，快！」

素安換了運動鞋出來，邵青霜正在廚房給玲姐看新鞋子：「回來再吃飯！」

是因為已經分開一段時間了，還惦念着買給他，才會這麼高興吧。

走出花園，拐個彎，不遠就是行山徑，也有跑步的人。將近黃昏，天空漸漸有了一層紫紅色。青霜深深吸氣，整個人輕鬆了許多。他看着素安，忽然向她伸出手掌。素安遲疑了一下，也就把手遞過去。青霜緊緊地抓着，抓得她生疼。

走了好長一段路，都不說話。

拐彎處有條小瀑布，潺潺流入深溪。素安有點畏高，每到這裏都不敢倚向闌干。有一次，他背靠闌干，把她摟到胸前，說：「別怕！看，我會比你先摔下去。」素安聽不得這樣的說話，硬拉着他離開。

青霜也回憶着同一件事，在闌干前停了下來。

「我想抱一抱，」他忽然低聲道，「就只抱一抱。」

聽不到素安回應，他嘆了一口氣，移開腳步。

素安忽然轉過身來，靠上他的胸膛。青霜嗚咽一聲，把她輕輕摟在懷內，臉藏在她的長髮裏。

還是一樣的柔軟，一樣的芳香溫暖。

他的背又靠向闌干。這樣子抱着，一起摔下去也好，省得受折磨不知要到甚麼時候。

他的手機在響。

「不看！」他說。

素安直起身來：「看吧，也許是急事。」

他拿出手機，嗤的笑了。

「玲姐問甚麼時候回去吃飯。」

素安詫異地看着手機：「玲姐懂這個？」

青霜非常得意：「我給她買了個蘋果7。」一邊按了視頻，迅速出現玲姐的笑臉。

「半小時後到家！」向鏡頭做個鬼臉，玲姐嘻嘻地笑。

素安突然覺得自己實在不適合他。他對着所有人都歡天喜地，和她在一起卻只有愁苦。是她把他拖累了，誤害了。

他注意到她突然的低落：「又怎麼了？」

素安不知如何解釋。

「我懂的。」他忽然説，「我對甚麼人都可以調笑，都無所謂。我只怕你不開心，怕你不滿意，越來越小心翼翼，結果，」嘆一口氣，結果就是如此。

是她的錯，她到現在才明白了。把快樂小鳥殺死的，就是她這種不懂珍惜的人。

「對不起，是我把你耽誤了，把你拖累了。」她真的抱歉。

「不是的！是我不夠好，沒能讓最愛的人信任我，不能令你快樂，當然是我的錯。」他想了一陣子。「其實我不要你相信我。有懷疑，才要去相信。難道十月懷胎的母親，看着嬰兒從自己的身上出來，呱呱墮地，骨中骨，肉中肉，還要去『相信』這是自己的孩子嗎。我原以為你我之間就該那樣。抱歉我辜負了你，讓你再不能放心。現在求你相信我，也太困難了吧。」

素安別開臉，青霜的眼也紅了。

青霜低下頭，一腳一腳輕踢着水泥小徑，忽然說：「奇怪嗎，在中國或西方，一般小路都是平整的。只有日本的庭園，卻總是隔着一尺半尺，才放一片踏腳石，在苔蘚或淺澗中間連成一串，砌出彎彎曲曲的小路。」

「別致好看吧。」素安輕聲說。

「不單如此。它要走路的人特別小心，即使被周圍的風景吸引了，也得時時刻刻警惕着，不可踏錯一步。」他停下腳步，仰起頭來。黃昏的天邊已隱約升起一團圓月。

「又是十五夜，今晚一起看月亮？」

聽不見素安回答，他回過頭來，看見她眼中一泡淚水。

她強忍着：「可以看到月亮的背面嗎？」

青霜說不出話。

家門口漸漸接近了。

「讓我們都再好好地想一想吧。」他提高聲音：「玲姐，小姐說她快要餓死了！」

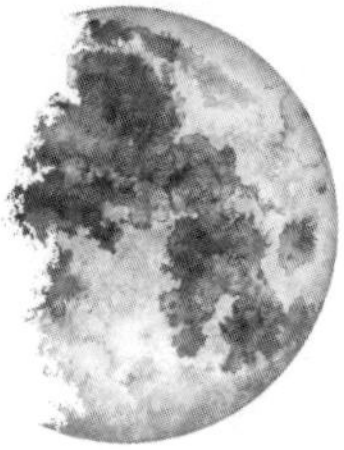

庭園裏零落交錯的踏腳石

素安聽見園子裏啾啾唧唧的鳥叫，起初是一兩聲，漸漸此唱彼和，為晨曦的降臨歡欣喜悅。

天，越來越亮了。她卻幾乎一夜無眠。

像迴轉的錄像，把與青霜一起的種種，細細地重溫一遍又一遍。

百無一可，千無一可，一年又一年，直到最美好的出現。他或她一句話還沒說出一半，對方已能完全明白，悠悠地接上嘴。他們一起在燈下閱讀，攜着手去看各種展覽，每到一個城市都先逛博物館，乘十多個小時飛機只為去聽一場音樂會……。

他為她四處尋找精緻的小玩意：明代雕的白玉鴛鴦、萬曆年版蘇軾詩集、雍正年釉裏紅小梅瓶……他們一件一件地把翫，兩顆頭親密地湊在一起。

難道沒有妮娜，他們的一生，便永遠是如斯美好，風平浪靜了?

也許妮娜只是一根引線，拉扯出原來就潛藏在心中的恐懼。深知任何抉擇都會有遺憾，深知生命之中，從來沒有真正的完美。

素安泡在浴缸裏，心中充滿悲傷。

你以後不要再來了，邵青霜，趁着年輕，自由自在地生活吧。

邵青霜卻沒有來，在手機上留言：「急診，請看電視。」

電視新聞速報：清晨六點左右，上班時間剛開始，高速公路連環五車相撞。貨車、巴士、小巴、私家車，五十多人，全都或輕或重地受了傷，有人當場死亡。

真是可怕的職業。從那樣血肉淋漓的地方回家，一定盼望着深情的擁抱和溫馨的笑臉。但除了新婚的第一年，她從沒有高高興興地迎接過他。那樣感性的、時常把別人的憂傷攬往自己身上的人，熬過白天已經不容易了。

青霜向她怒吼的說話，每天都剜着她的心：「拿刀子把我一片片割下來吧，洗乾淨再砌回去。」又說：「你要我怎樣證明清白？給我每天點一滴新鮮的守宮砂嗎！」

外公也問：「你要他怎樣才能重生一次，好給你嬰兒般純潔的身體呢？」

這心結解不開，兩個人怎能長久。

玲姐上來，「小姐，要不要把早餐拿到樓上？」

生活總得如常，至少讓別人看起來一切如常。素安搖搖頭，站起來向樓下走去。

到下午近五點鐘才有青霜的信息：「能否預備午飯？」

素安回覆一個笑臉。

懂得憐惜他，卻為時太晚了。

經過近十個小時的搏鬥，青霜滿臉于腮，雙目卻因過度緊張而發光。看到素安，忽然全身虛軟，跌坐在椅子上。

「幾十人分送多家醫院。」向她傾訴：「有個傷者嚴重內出血，她是我的病人，心臟本來就不好，懷孕已經六個月，趕緊想把嬰兒搶救出來卻已太遲。我把嬰體放她胸前，她抓住我，手逐漸冰冷。」

素安低聲道：「你換個工作罷，青霜。」

「啊，不。」他直起腰來，「病人出院的時候感覺就全不一樣。」

她坐在旁邊看他吃飯。今天不是個好日子，有甚麼事改天再說。

「還要回去嗎？」

「如果沒有急事，只晚上再去巡看一次。」遲疑着：「客房裏先歇歇？」

玲姐忙去開空調，拉窗簾，家中還有許多他的衣物。

像個流浪漢。

羅紉蘭過世後，原有的老傭人退休回鄉。青霜住在蝸閣，一個菲傭，大約吃食都不滿意。他是怎樣熬過這年的？那一大堆豬朋狗友哪裏去了？

晚上去醫院巡查一趟，又回到素安的家。說是離醫院近，方便半夜有急事即時趕到。

這樣的理由，怎好拒絕。

玲姐細心地調理他，輪流着熬滋補的花膠烏雞湯、清潤的無花果瘦肉湯、下火的赤小豆鯪魚湯⋯⋯每天蒸煮炒焗變着花樣。

「玲姐你偏心！」連素安都嫉妒起來。

玲姐真心憐惜：「小姐你沒見他這年瘦了多少！舊褲子都寬了一圈！」

素安側頭端詳他的腰圍，他竟一手掩着，向她睞眼。

「也好，」素安說，「吃胖些，回家可以多撐幾個月。」

青霜看着她，慢慢放下筷子。玲姐連忙溜了出去。

「你嫌棄我。」他覺得喉間苦澀。

本來悄悄希望她會得回心轉意，就這般順勢搬回家。

已經住了七八天，晚間巡房也回復正常的時間，素安覺得是該說清楚的時候了。

「要喝茶嗎？」素安起身，走進隔室。那是他離家後才改裝完畢的茶室，全黃花梨家具，長茶桌配明式座椅，兩邊架子上三幾層都是茶餅和茶具，許多還是潘老的舊藏。邵青霜怔怔地看着茶桌後牆壁上的鏡框。

框中裝裱着他的書法，那次，在外公家，素安一邊泡茶一邊翻詩詞集子。

「青霜你聽：人間自是有情癡，此恨不關風與月。」

歐陽修的詞，素安唸起來，妮媚多情，纏綿悽惋，又別是一番風月。青霜心醉：「我把它改兩個字送給你吧：人間自是有『茶』癡，此『樂』不關風與月！」

就是那一天，他第一次吻了她，把她摟在懷裏，一邊調笑一邊疏狂地寫下了「樂茶風月」四個大字，還題了句。

那晚上的茶香脂香，風月纏綿，一剎間全湧上心頭。邵青霜癡了。

那是他二十八歲生日前二天，只不過三年。

為甚麼要裝裱起來懸掛在茶室裏？她也思念着他，像他思念她一般愁苦嗎？

他默坐在她的對面，看着她燒水，選茶，入壺。

「你要趕我走？」

素安心中酸楚：「我不是適合你的人。」

「甚麼樣的人適合我，我自己知道。」

「我讓你苦了那麼多日子……」

「那苦不是你給我的。但既然你那麼說了，你該怎樣好好的補償我？」

「青霜，別總是開玩笑。」

青霜生氣，伸手把電爐關掉：「我不喝茶，我們好好談談。最討厭和泡茶的人聊天，像操控一切的君王。」

素安看着他：「青霜別鬧，你總得回去。我讓玲姐跟你吧。」

青霜心傷：「為甚麼總得回去？你就那麼討厭我？」

「是我配不起你，是我把我們的關係砸壞了。」素安聲音咽哽，「我怕再一次叫你失望。你自由自在地生活，不是比與我每天煩惱吵鬧好得多嗎。」

「我自由自在這許多日子，卻一點都不覺得好。」他起身蹲到素安身邊，「你知道我每天是怎樣過的？讓我回來吧。」

素安眼中含滿淚水。

青霜臉色有點灰暗：「你另外有人？」

素安搖頭。

「還是放不開陳年往事？」

「對不起，都是我的錯，你原諒我吧。」

「不不！我明白。我確實無法改變過去，但這與你無關，你為何一定要苦困自己？因為我少年時的失誤，就要毀去我們以後的日子嗎？」拉起她的手合在自己的雙掌裏：「我知道你總是不放心，我是愛玩愛鬧，卻沒有旁的心思。我自小看着母親所受的苦，我不會像我父親。」

青霜自幼眼見母親在外頭雍容雅麗，回到家卻默默流淚，然後生病，鬱鬱而終。他自覺是個棄兒，沒有父親，現在更連母親也都失去。

所以一直勤奮自立，不與父親的生意沾上任何關係。

但素安心中愁苦。她和他的父親，都是「每個男人都會犯錯」的樣板。即便是外公吧，一輩子忘不了他的阿蘭，但她和表哥表姐，卻全是外公與另一個女人的後代。

青霜，也只不過是個男人。

「承諾保證都是虛話吧。」青霜把她的手放在自己心口。此刻，他是真心。

素安覺得彷徨，真能硬起心腸一刀兩斷就好了。為何日殘月缺，開心時也好，寂寞時也好，和別的男子在一起時也好，纏着她的還是同一個影子。

那些在一起的日子，看書，看畫，聽音樂，胡謅着幼稚的詩句……她不只是嫁了一個丈夫，她一直慶幸自己在人生路上找到了知音。

他不是不寵她，她不是不愛他，為何卻有這樣的結果？素安心底悲涼。就這樣徹底放開手嗎？

最怕萬一復合之後，又再爭吵分離，那時就只能是仇人，連一點溫暖的思念都沒有了。

青霜也忍不住心傷，錯過的是否可以補償，瓷器上的裂痕能否修理得再無痕跡。

看見素安這般難受，青霜無可奈何，只得站起來說：「那我回去吧，你早點休息。」轉身離開。

素安看着他的背影，眼淚終於無法抑止。這一去，就真成永別了。

青霜的手按上房門的把手，忍不住又回頭再看她一眼。

素安突然急步向他走來，淚眼婆娑，碰撞着椅子。邵青霜忙回身迎上去，一下子把她擁入懷內。

這般折磨要到甚麼時候！

素安失聲痛哭：你竟然轉身就走！真的就走！你總是不懂得我！我的心你一點都不明白嗎！

她在他的胸膛上捶打，眼淚糊滿他的襯衣。也不知打了多久，青霜開始咳嗽。素安嚇得停了手，抬眼看他。

青霜苦着臉：「嚴重內傷，心肺受損！」

素安氣得要掙脱開來，他卻只是扭着，笑着，撫她的頭髮，吻她的前額，拭抹她臉上的淚水。

素安完全控制不了自己。這許多日子吞下的眼淚，一下子全變成流星雨，從深杳的穹蒼悠悠灑落，散滿她的全身，灼痛了她的心。

素安在喉嚨深處發出長長的嘆息。

但隨着日子過去，慢慢地，素安發覺有些事情改變了。

「玲姐，為甚麼叫我太太？」

玲姐笑：「是我不好，你一出生大家都叫小姐，叫慣了，也沒想要改口。原來改起來也頂容易。」

素安懷疑：「是他叫你改的？」

「才沒有。他喜歡我叫他青霜少爺。」

素安生氣：「他是少爺，我是太太？」

玲姐張大嘴，說不出話。

「那不如叫我素安少奶！」

「是，少奶。」

「你省省吧。」素安失笑，轉身往客廳去。

青霜在看書，一邊呷着咖啡，看見素安，苦起臉：「過來過來！」把杯子送到她唇邊，又哄又迫硬要她喝一口：「你試試，這也好算咖啡？苦得像藥茶，怎麼下嚥？我不要喝玲姐的咖啡。」

「你不是最喜歡玲姐的手藝嗎？」

「我不管！今天就只想喝你做的咖啡！去，快做一壺新鮮的來！」

素安瞪着他。

「你的良人，我！今天只想喝一杯夫人親手泡製的咖啡，非喝不可，記得要滾燙滾燙的哦！」

素安啼笑皆非，這人現在非常任性，想着各種新花樣折騰她。前陣子寒流吹襲，他在冷空調的地窖裏整理完收藏，故意用冰冷的水洗了手才跑過來，雙手一下子探進從她的毛衣裏，叫她直打哆嗦：「嘻，我的手冷！有難同當，你得給我焐着暖着。」一陣笑鬧搓揉，把素安弄得又嗔，又惱，頓腳。

更多的改變，是在他們膩蜜的時刻。他從前向她傾注的是愛與溫情，現在連着貪、嗔、癡，肆無忌憚地發洩着七情六慾。素安被他惹得鳥驚飛，花爭媚，魂飛魄散。

柳眉鶯睥睨，花靨蝶顛狂。

生命中甚麼叫正確

自安喲了一聲：「你弄痛我了！」

仲凱正跪在地毯上，替攤在沙發上的自安剪腳甲。

仲凱忙仔細地看，拭抹幾下，湊向她的腳趾吹氣，說：「沒事沒事！不小心碰了一下，沒傷着。」拍拍她的腿：「剪好了。」

自安要起身，仲凱道：「躺着不舒服嗎！還得塗點潤膚液。」把乳液倒在手上，在她腳上慢慢搓揉，一邊說：「又滿山野的亂跑了幾個月，為了甚麼呢。都生出厚皮，一張臉也黑得像炭。」

自安看着他，他皮膚極白，鼻子尖尖的，有點西歐人的樣子。

「你父母要是知道他們的寶貝兒子是個老婆奴，準把我打個半死。」

仲凱嗤一聲：「這又關他們甚麼事了？而且這也算不得是老婆奴。」站起來把東西收拾好，去浴室洗手。走出來，看見自安倚在窗前，便站到她旁邊。

「這半個月亮，叫上弦還是下弦？」

「我可不懂，它不向上也不向下，」仲凱笑道：「它斜向着左邊，叫左弦？」

「真是白問你了。」

他們的房子只三層高，幸而周邊都是差不多類型的別墅，鬧市的燈光全被摒到遠處，那一點點月的銀彩便分外清冷。

「有一天，在山上，」自安低聲說道：「下了一整天的雨，晚上居然有月亮。我在山間小旅舍的露台上，天上無數星星似乎都觸手可及。我聽到溪水流淌的聲音，草叢中間或有蟲在鳴叫。不知為甚麼我突然想起你，其實我常常想起你，即使在別人的懷抱裏。我會想：你在甚麼地方，擁抱着誰？有時候這令我傷感，有時候不。」

仲凱扶着窗沿，身子站得筆直，一聲不響。

「我回到房間，躺在床上。床邊的小時鐘走過一個小時又一個小時，到黎明時分我終於睡着了。然後我作了一個夢。夢中的天空碧藍碧藍，我全身長着白色的羽毛，展開雙翅如兀鷹般翺翔，悠悠旋上雲端。那種快樂，像全然沒了軀殼。然後我傲然從雲層中直衝下來，風嘶嗚嘶嗚地嘯叫，雲呀、山呀、樹呀，全箭一般在眼角邊掠過。我看見你在下面，阿凱，你仰起頭張開雙臂等待着我。我於是向着你筆直飛去，快到了、快到了！突然我的心臟爆開，鮮血連着羽毛噴落。」她雙眼漸漸盈滿了淚水：「我就這樣在你面前散成碎片，你終究沒有接着我。」

仲凱回過身來，伸手把她拉近身旁，用手指拭抹她的眼角：「我怎會接不到你呢，即使只落下鮮血和羽毛，我也會緊緊地抱在懷裏。」

自安的眼淚大滴大滴跌落下來。「噓！噓！」仲凱摟着她，「自安也是水造的？誰見過哭泣的自安。」

自安哽咽。「我們為甚麼會變成這樣子？我們不愛嗎？我們這樣的婚姻，還怎能算是婚姻？」

仲凱沉默了好一陣子。

「結婚的時候，我剛成年，對世間美麗的風景有無限憧憬。是我不好，我開的頭，你要求平等也非常合理。我們都給對方絕對的自由，但相聚時又能快樂融洽。我真心愛你，自安，從沒想過要離開你。」

自安一直在流淚。「但我不想再這樣下去了。」

「是覺得不合倫理，不正確了？」

自安搖頭。「生命中哪有甚麼叫正確，我從沒為這事煩惱過。只是我的心，因為我的心不想再這樣下去了。」

仲凱輕聲嘆氣。「你知道嗎，有一次，青霜問我：『你可知道自己最想得到的是甚麼？能否肯定自己沒有弄錯？』於是我試着回憶那些曾在我身邊停留過的人，吃驚地發覺其中許多都只是一張空白的臉，沒有眉眼，忘記了名字，也想不起是否曾經快樂過。於是想，已經腐敗到如斯地步，不如離婚吧，別拖累你。但每一次想到這，心就痛，痛得無法呼吸。這一年多來，我其實很乖很乖。自安，你要怎樣做呢？告訴我，我們該怎樣做呢？」

自安喃喃地說了一句話。
「甚麼？你再說一遍，我大約是聽錯了。」
自安用頭撞向他的胸膛：「我要回家！聽清楚了嗎！」
仲凱撫着胸口笑：「這麼狠！其實這也是我想對你說的，真叫夫妻同心。」
自安鼻子哼一聲：「騙我！那滿世界的玫瑰花都可以放下？」
「我連最壞的事都全告訴你了，還說甚麼假話？白玫瑰、黃玫瑰、黑玫瑰、雌玫瑰、雄玫瑰，我甚麼沒見識過？我最記得那整個身子爬伏在崖石邊上拍風景的女孩，真想捉住她的雙腳免得她摔下去。她拍山色，我拍她。後來她走過我旁邊，全身一陣陣泥臭汗臭。」
自安掛着淚卻噗嗤笑了：「怎會這麼誇張！天熱，兩天沒洗澡，沒日沒夜地找最好的景點，最美的光線。那你吊在後面幹甚麼？」
「我是逐臭之夫，賤！」
自安把淚水抹上他衣襟，身子向他擠去：「臭嗎？臭嗎？說！」
仲凱低頭往她身上一陣亂嗅：「臭的，還是臭的，只是習慣了。」哈哈大笑，拖過她拉倒在沙發上。半天，自安低聲道：「我真的想回家。」
「真想清楚了？沐漣呢？」
「早把他趕回去上學了。」嘆一口氣：「安姊、安姊地叫着，但此安非彼安。」
仲凱意外：「他？素安？」
「誰不迷戀素安？」

「世人皆淺薄！素安有甚麼好？被爺爺鎖成了半個聖女。她要拋脱這枷鎖，甚至生兒育女之後才會成熟，然後變成最容易被誘惑出軌的那種女人。可憐的青霜。」

自安沉下臉來：「你別亂説！」

「你就當我亂説好了。容易被誘惑也不一定就出軌，而且出了軌之後感情更融洽的家庭多着呢。」

「但他們不一樣，兩個人都太執着。」自安真的擔憂起來：「你這烏鴉嘴！」

仲凱笑：「你這是幹甚麼？其實跟我們一點關係也沒有。而且説不定青霜另有降龍伏虎的手段呢。」伏在她身上：「真要回家？」

「你想不想？」

「我早兩年就想跟你説了，但你馬田、加納鷗、沐漣這麼開心地玩耍着，我怎敢壞了你的興致。」

「對不起。」

「我們兩個，都不知誰對得起誰。但我真的愛你，自安。」

自安摟着他的脖子：「怎麼樣，以後？」

「我會把工作辭去，我厭倦了那拍賣場。我們一起去旅行，攝影，過些時候也許出本攝影集。」

「我可再不會允許雜七雜八的花花草草！」

「到時你把我推下深谷好了，失足墮崖，沒得追查。你呢？」

「可以把我大卸八塊。」

「血淋淋的多可怕！但我總得先去買把尖刀藏着。」笑着把頭埋在她身上：「自安，你真臭！像野地裏一大片薰衣草，叫人說不出的難受！」

永遠是很長遠的事

四月，蝴蝶和蜜蜂都有點忙。玲姐把早餐搬到小花園裏，青霜對着滿眼的淺綠深紅，想起早前看到一幅草書上的詩句：

一到春深百樣香
長枝短葉繞空廊
莫嫌小圃花稀少
粉蜨山峰數月糧

沐浴後的素安正蹦蹦跳下樓梯來，一邊哼吟：「莫嫌小圃花稀少……」

青霜噗嗤笑了，真是條蛔蟲！只見她用橡皮圈束起半濕的頭髮，霏紅的兩頰鮮妍欲滴。

素安坐下，發覺青霜神情古怪，不禁嗔道：「又怎麼啦，你？」

許友

（約一六二零—一六六三）

草書《春深》七言絕句

許友的生卒年不詳，福建福州人。原名許宷，後改名友，亦名眉、友眉；字介、有介，介眉等，號甌香。明朝崇禎年間舉孝廉，清康熙時諸生。

他生於富家，早年孌童舞女，詩酒談宴無虛日。當時人描述他「長不六尺，肥白如瓠」，「大腹，無一莖鬚。面橫而肥，不似文人」。好友周亮工評他「酒第一、書第二、寫竹第三、詩文第四」。

許友以草書、山水、詩文馳譽，在不同的項目中展露其才華及獨特風格：清新俊逸，恣態橫生，巧中有拙，標奇而不怪異。他的書法學倪元璐，也敬慕米芾，建米友堂祭祀之。傳世的作品不多，草書在日本享有很高的聲譽。

他與周亮工相交莫逆。順治十五年（一六五八年）周亮工被逮下刑部，許友亦受牽連，至順治十七年才返回福建。但家中破敗，債主盈門，備受淩辱。數年後病逝，年約四十四歲。

釋文：

一到春深百樣香　長枝短葉繞空廊

莫嫌小圃花稀少　粉蝶山峰數月糧

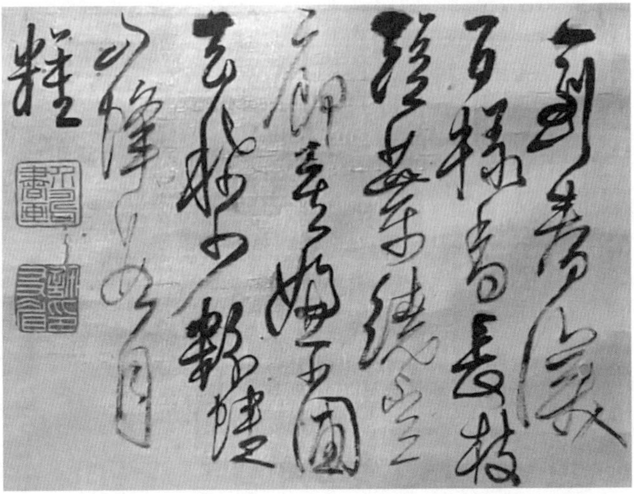

青霜笑：「我想叫玲姐不用切水果了，這兒有熟透了的水蜜桃。」

素安拿起叉子要叉他的嘴，青霜忙抓起桌上的報紙擋着。素安順手把報紙搶過來，剛翻開，突然咦了一聲。

青霜湊過頭去，看一眼標題：「父親還在呢，就急着撕破臉了！」

邵子雋前陣子在開會時突然倒下，腦子中風，舌頭半僵。公司的事只好交給幾個老臣子，領着青霜的兩個異母弟弟暫時管理着。

青霜心中不忍，常與他的主治醫生聯絡，每天打電話詢問家中的護理員，有空也回去探望，順便替他檢查一下。他想起小時候的種種，父親看母親時的眼神，那裏面真的沒有愛意嗎？他記不清，畢竟是太久太久以前的事了。那張曾經威武神氣的臉現在有許多皺紋，嘴角流着涎液。青霜用紙巾替他拭抹，捉緊他的手，父子倆長久對望着。

「你教我唸『帶月荷鋤歸』，你記得嗎？」青霜低聲道，「我不知道鋤頭是甚麼樣子，你畫給我看。你畫一個人把鋤頭放肩上，我在上面加了個小月亮。」

邵子雋的眼睛明亮了一些，掀動着嘴角，青霜又用紙巾替他拭抹。

「那是我們第一次合作繪畫呀。」青霜微笑，「過一陣子我們再畫一張，這次我繪荷鋤的人，你來加個月亮吧。」

但時日久了，有一些奇怪的話傳到青霜的耳朵。

「怎麼從不往來的人，近來無端在獻殷勤？」

「來也沒用，不會多分一點，別癡想了。」

青霜施施然轉身走出去，有空卻照樣到來。他叫護理員幫忙撐起父親，逼着他扶步行器走路：「一定要活動，動就能活。中國的辭語學問大着呢。」

邵子雋拖着腿移動幾步，停下來，用顫抖的手撫摸兒子的眉毛、眼睛和嘴角。那是青霜臉上與母親最相似的地方。

現在那兩兄弟為爭公司控制權互揭秘密，驚動了廉政公署。

多年來只上娛樂版的邵家，現在是報章上的頭條大新聞。

「不關我的事。」邵青霜悠然呷着咖啡。

「他們沒拉攏你？」

邵青霜哼道：「與我何干？他們不要臉，我還要臉呢！再鬧下去，家業遲早被他們折騰光了。」

素安哎喲道：「那怎麼辦？你如何養我？」

「回祖鄉耕田去呀，你織布，古人都是這麼過。」

「那多辛苦！我寧願替人納鞋底。」

青霜呵呵笑了：「倒不知你還懂這個。」

「學呀，」素安笑道：「別看我蠢蠢笨笨，從沒有學不來的事。」

青霜把臉湊近妻子：「世間有比你更聰明的嗎？把自幼有神童之稱的天才降得伏伏貼貼。」

素安伸指頭羞他的臉。

青霜一把捉着：「乖，我要跟你商量一件事。」

素安看着他：「一臉正經的樣子，別嚇着我了。」

「放心，嚇不死。是這樣的：P3 實驗室的主持人邀我加入。」

素安皺眉：「甚麼是 P3 實驗室？」

「P 是 Protect 的簡稱，醫學實驗室有 P1、P2 和 P3，還有 P4，都是研究細菌、微生物、傳染性病毒的實驗室，數目越高，所研究的項目危險性越大。設有 P4 實驗室的國家不多，我們這裏的 P3 在世界上頗有聲譽。」

「他們為甚麼找你？有多危險？」

「細菌和病毒太多了，而且不斷異變。像外公那樣，手術後受細菌感染的案例，一直無法完全避免。這裏 P3 的主持人本來也是個外科醫生，他說過：手術每次只醫治一個病人，細菌醫學可以裨益全人類。我非常敬佩他，他給我機會，太榮幸了，我不想錯過。」

素安伸手撫上他的臉頰：「你的事業，何必問我。」

「但我花在醫院和實驗室的時間也許會多些，怕你不高興。」

「更怕我見不到你，要疑神疑鬼，是不是？」

青霜嘻笑：「你自己說了，省得我難於啟齒。」

素安笑道：「你見我的時間也少了，卻不擔心我？」

「你是我的骨中骨呀。」

「那麼，你也可以是我的肉中肉嗎？」

青霜把她的手放心口：「弱水三千，我只取一瓢飲。」

「那是謊話。賈寶玉如果娶了林黛玉，心裏可放得下寶釵、襲人、湘雲，和一大堆姐姐妹妹。」

「我沒他命好，我的心只拳頭大小，容下一個人已塞得爆滿。而且我半盲，男人女人不大分得清楚。怎樣？只有你的心安穩了，我才好安心工作。」

素安小聲道：「你昨晚說過甚麼來着？」

青霜輕笑，湊近來嘴唇貼向她耳邊：「是，五臟六腑、日月精華，都給了你，只給你，全都給你。」

素安把臉深埋在他頷下，青霜抱緊她，兩個人都捨不得放開。

屋子裏的古老大鐘噹噹地響了幾下。

青霜直起身子，拍拍她，伸手撿吃一顆葡萄：「我得往醫院去了。今天有兩個手術，不能陪你吃午飯。」俯下頭給她一個吻，順勢把吃剩的葡萄塞進她嘴裏。

素安只好含着，笑着看他離去，伸伸懶腰，發覺腰身有點僵硬。這大半個月自己有點發覺了，下午已約了醫生，在確定前暫不對青霜說。

她到律師的辦公樓，與基金會的人商量藝術館選址的事，聘請建築設計師和館長也很費思量。

午後看完醫生，素安含着淺笑上車，往小公館去看父親。

她請護士推過輪椅，把父親安頓在後園的花架下。正是花期，棚架吊滿大串大串的紫藤花。母親最愛紫藤，盛放時像一串串風鈴，隱隱約約的甜言蜜語。寂寞的母親，也一定有過浪漫的情懷吧？可惜被棄在一潭污水裏了。

但晚年的父親，為何把整條遊廊都種滿紫藤？他會想起少年舊事嗎？

林兆榮的健康在這兩年迅速崩壞，已開始洗腎，多年沒節制的酒色現在都來討債。素安從前每星期來看他一兩次，近來心疼他的憔悴，來得勤快些。她極少看見他的少夫人，看到大約也認不出來，不知甚麼時候又換了新面孔。但聽說這一個來得久，原只是可有可無，卻一直好脾氣地服侍他，終於把所有花草全踢了出去。

日暮途近的父親，也不再是翩翩粉蝶。

素安有點悲哀。但青春靚麗卻願意陪伴衰翁度過暮年，無論目的如何，身為女兒，也該感激她的善心吧。

林兆榮看着女兒，紫藤花下，她清麗如仙。他一生採摘過的鮮花，沒一個比得上她，怪不得知道她來，全都會避不見面。她身上流着我的血液，是我林兆榮的榮譽產品，他不禁微笑了。

素安在輪椅旁的草地上坐下，手搭在父親的膝上。

依依膝下。

「爹爹想到甚麼開心的事嗎？」

「看見你，怎不開心。」

素安把手掌對着父親的手掌，這是她從小愛玩的動作。肉肉的白嫩小手，與父親的大掌

紫藤花

比對着：「爹爹的手掌比上回又小了呢！」

林兆榮現在的手掌枯瘦，素安心頭一陣淒傷。

林兆榮把她的手夾在兩掌中間：「素素，你母親最近怎樣？」

「可以坐起來，喜歡看電視，見到我就笑，非常開心的樣子。」但，是否知道這是她的女兒？

林兆榮嘆氣。「爹爹身體不好，有些事要先安排一下。」

素安把臉貼上父親的手背。

林兆榮低聲道：「你好好照顧母親，我不會委屈她。」

讓她委屈了幾十年的丈夫，卻說不會委屈她。素安一聲不響。

「你住的房子早就在你名下，另外半山，紐約和巴黎都有一些產業留給你，一批現金和我外面投資的股票也會轉到你賬戶。但公司的股權……」林兆榮覺得實在難以啟齒。他年輕的新妻要把企業全留給她和八歲的兒子，說是避免將來爭產的煩惱。

「那是你的企業，你的錢。爹爹，你喜歡怎樣就怎樣。」

「但是，你……」林兆榮不知怎樣往下說。

素安把頭靠在他的膝上。

「你已經給我很多很多，從小就甚麼都不缺，你寵我愛我，我很知足了。」

林兆榮心中悵然：「你媽媽知道我沒把股份分給你，不知要怎樣恨我。」

「不會的，爹爹。媽媽的心思不在這種事上。」

但林兆榮沒有聽出女兒言中的深意。

「外邊的人都説我靠岳父起家。偌大的生意，竟沒給岳家的血裔留一點……」林兆榮也自覺太對不起女兒和髮妻，聲音哽咽。

「也許外公一開始時幫過你，但後來全靠你自己。大舅舅不是把分得的家業弄得七零八落嗎？」

林兆榮想不到女兒説出這樣的話，那些小道記者從不曾公平地看待過他。他把素安的手抓得緊緊，美麗的善解人意的女兒，從小就是他的心肝寶貝。而現在，他想表達對她後半生的愛與關懷，竟然由不得他做主。

甚麼長袖善舞，運籌帷幄，他發覺自己竟成了一個窩囊的老人。他由心底感到震驚。

他們依偎着，良久沒有説話。

林兆榮終於打起精神：「青霜，他對你還好吧？」

素安泛起微笑：「我們很好。」想一想，説：「爹爹，你試過失而復得嗎？」

失而復得？他最希望失而復得的是甚麼？他的童年？那是失學艱苦的歲月。他與髮妻，是互相折磨的冤家。他生命中的許多女人，是不斷索取的債主。也許他最想再一次親近的是他的母親，卻永不可能實現了。

他撫着女兒的頭髮：「素素，只要有你在，爹爹從來沒有失去過甚麼。」

素安的手機響起視頻的呼叫。「青霜，我和爹爹在聊天。」把手機遞給父親。

林兆榮板起臉對着鏡頭：「青霜，你沒欺負我女兒吧？」

邵青霜一貫的嬉皮笑臉：「我今早本想狠狠揍她一頓，但一想到她的老爸，手都軟了。爹，如果你批准，回到家我一定好好教訓她。」

翁婿兩人呵呵大笑。

青霜告訴素安：「一會兒來接你往外公家。」小豬嘴般送她一個吻，收了線。

「希望他能永遠對你好，你永遠都這麼開心快樂吧。」

「永遠是很長遠的事，爹爹。」

林兆榮無語。他也曾對不同的人許過永遠的諾言。

素安忽然想起一件事。但，還是再過一兩個月再告訴他吧。

她把父親推回房間，看着護士把他安頓在床上。她跪在床邊，久久環抱着他。

邵青霜的車子剛在門口停好，便看見素安正穿過花徑出來。夕陽繽紛的顏色染在她的身上臉上，和滿園子的玫瑰花上。

www.cosmosbooks.com.hk

書　名	月亮的背面
作　者	林琵琶
策　劃	林苑鶯
責任編輯	宋寶欣
美術編輯	郭志民
出　版	天地圖書有限公司 香港黃竹坑道46號新興工業大廈11樓（總寫字樓） 電話：2528 3671　傳真：2865 2609 香港灣仔莊士敦道30號地庫／1樓（門市部） 電話：2865 0708　傳真：2861 1541
印　刷	美雅印刷製本有限公司 九龍觀塘榮業街6號海濱工業大廈4字樓A座 電話：2342 0109　傳真：2790 3614
發　行	香港聯合書刊物流有限公司 香港新界大埔汀麗路36號中華商務印刷大廈3字樓 電話：2150 2100　傳真：2407 3062
出版日期	2020年4月／初版

ISBN：978-988-8548-61-3